कायापलट

हास्य नाटक

notionpress.com

कायापलट

हास्य नाटक

मथुरा कलौनी

notionpress
.com

Notion Press

Old No. 38, New No. 6

McNichols Road, Chetpet

Chennai - 600 031

First Published by Notion Press 2016

ISBN 978-93-5206-697-1

कायापलट - दो शब्द

नाटक कायापलट की रचना मैंने 25 साल पहले सन् 1990 में की थी। 1991 से 1998 तक इस नाटक के कई मंचन हुए और प्रत्येक मंचन के साथ नाटक में निखार आता गया और यह 'क्रिस्प' होता चला गया। 1998 के बाद बस 2015 में ही इसको फिर से मंच में लाने का अवसर मिला । इस बीच इस नाटक का कन्नड़ में अनुवाद व मंचन हुआ था।

1991 के मंचन के बाद बहुत उत्साहित हुआ था। उसी उत्साह में मैंने एक बड़े प्रकाशक को प्रकाशनार्थ पाण्डुलिपि भेजी थी। बहुत रिमाइंडर भेजने के बाद प्रकाशक ने डेढ़ साल बाद पाण्डुलिपि सखेद वापस की थी। नाटक को पुस्तक रूप में प्रकाशित करने का एक बार फिर यह प्रयास कर रहा हूँ। इस बार नाटक ई-बुक रूप में भी प्रकाशित हो रहा है।

नाटक के इस संस्करण में थोड़ी काट-छाँट की गई है। इसकी अवधि 140 मिनटों से घटा कर 110 मिनट कर दी गई है। इसके लिये कुछ प्रसंगों को काटना पड़ा। नौ पात्रों का यह नाटक हास्यरस से ओत-प्रोत है। नाटक देखने के बाद दर्शकों की प्रतिक्रिया बहुत संतोषजनक रही। प्रायः सभी दर्शकों ने फीडबैक फॉर्म में नाटक को एक्सिलेंट चिहि्नत किया।

इस नाटक की पाण्डुलिपि से ले कर मंच तक तथा मंच से ले कर पुस्तक और ई-बुक तक की यात्रा बहुत ही रोमांचक रही। बेंगलूरु में इसके सभी मंचन कलायन नाट्य संस्था ने किये। अहिंदी क्षेत्र होते हुए भी सभी मंचन आशातीत सफल रहे। आशा करता हूँ कि आप नाटक को उतना ही पठनीय भी पायेंगे।

मथुरा कलौनी
बेंगलूरु
25 फरवरी 2016

कायापलट

नवंबर 2015, बेंगलूरु

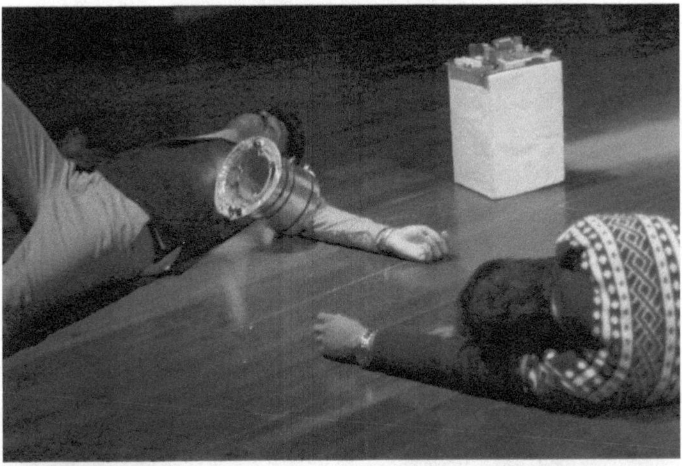

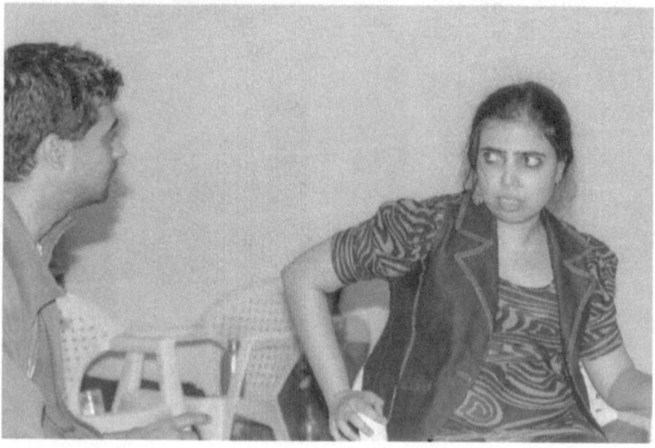

समर्पण

यह पुस्तक कलायन नाट्य संस्था के कलाकारों को समर्पित है।

मथुरा कलौनी के नाटक

स्वयंवर

कायापलट

जोड़तोड़

जो पीछे रह जाते हैं

कब तक रहें कुँवारे

स्वयंवर 2010

चंद्रकान्ता नाटक

कब होगी भेंट

सुबह का भूला

कौन हो तुम बृहन्नला

लंगड़

चिराग का भूत

कफन नाटक

उसने कहा था

संदेश

तू नहीं और सही

धतूरे के बीज

पात्र

ध्रुवकुमार	एक आविष्कारक। अपने आविष्करों से ही इनकी रोजी रोटी चलती है।
चंद्रा	ध्रुव की पत्नी।
जनार्दन	चंद्रा का भाई जिसने जीवन का निचोड़ बोतल में खोज लिया है।
जुल्फ़ी	नौकर कम शायर ज्यादा। पूरा नाम जुल्फ़ टनकपुरी।
मल्लिका	चंद्रा की छैलछबीली पड़ोसन।
गिरिजा बाबू	ध्रुवकुमार का प्रशंसक पर उसके आविष्कारों से घायल।
अनुपमा शर्मा	शसुस की सदस्या।
महेश	ध्रुव का बिछड़ा मित्र
चोर	एक चोर

दृश्य एक

चंद्रा के घर की बैठक। बैठक की बायीं ओर ध्रुव की प्रयोगशाला है। मल्लिका और चंद्रा वीडिओ चैट पर। चंद्रा सोफे पर बैठी है। सामने लैपटॉप है। और स्टेज के एक ओर मल्लिका अपने लैपटॉप पर। दूसरी ओर जुल्फ़ी जमीन में बैठा कुछ लिख रहा है।

चंद्रा

नो वे। ऐसा हो ही नहीं सकता, मल्लिका।

मल्लिका

मेरी बात तो सुन।

चंद्रा

और कर क्या रही हूँ।

मल्लिका

युद्ध आरंभ भी नहीं हुआ और आपने पराजय भी स्वीकार कर ली।

चंद्रा

तुम्हारी जैसी औरतों के लिये ही गालिब ने कहा है,
इस सादगी पै कौन न मर जाये ऐ खुदा, लड़ते हैं और हाथ में तलवार भी नहीं।

ध्रुव पास आकर खड़ा हो जाता है।

चंद्रा

क्या है?

मल्लिका
ये क्या है, क्या है?

चंद्रा
एक मिनट मल्ल, ध्रुव को कुछ चाहिये।

मल्लिका
अरे ध्रुव पास में है क्या। कुछ बोल क्यों नहीं रहा है।

चंद्रा
कब बोलता है।

मल्लिका
(हँसते हुए) जब तुम बोलने देती हो। हलो ध्रुव।

ध्रुव हाथ हिलाता है।

चंद्रा
हाथ क्या हिला रहे हो। वह तुमको नहीं देख सकती है। तुम कैमरे के फील्ड में नहीं हो। (मल्लिका से) वह हाथ हिला रहा है। अब तुम क्यों हाथ हिला रही हो। वह मेरे लैपटॉप से दूर है।

मल्लिका
मुझे क्या मालूम कि वहाँ क्या हो रहा है?

चंद्रा
(मल्लिका से) वेरी फन्नी।

मल्लिका
अब जब हन्नी पास में हो तो हमारी बात तो फन्नी लगेगी ही। साइनिंग ऑफ चंद्रा बेब। बाई।

चंद्रा

बाई मल्ल। (ध्रुव से) बोलो क्या चाहिये?

ध्रुव

मुझे! मुझे कुछ नहीं चाहिए। मैं तो बस तुम्हें याद दिलाने के लिये आया था कि...

चंद्रा

मुझे याद है।

ध्रुव

मैं अपनी लैब में...रामप्रसाद...

चंद्रा

(जोर से) मुझे याद है।

ध्रुव

मुझे लैब में बहुत समय लग सकता है।

चंद्रा

मुझे याद है। मुझे याद है। मुझे याद है।

ध्रुव

ठीक है न! मेरा वश चलता तो मैं तुम्हारा अहसान नहीं लेता। खुद ही बैठ कर प्रतीक्षा करता। क्या करूँ रामप्रसाद वाला काम भी तो करना है न। बेचारा 11 साल बाद आ रहा है।

चंद्रा

इसमें अब बेचारगी कहाँ से आ गई। तुम भी न। जाओ रामप्रसाद के पास। यहाँ मैं संभाल लूँगी।

जुल्फ़ी

मेरी जुल्फ में कैद हो गईं हैं...

ध्रुव

ऐ जुल्फ़ी।

जुल्फ़ी

आया बाबूजी।
मेरी जुल्फ में कैद हो गईं हैं, आज चमन की हवाएँ।

ध्रुव

(पास आ कर) ऐ जुल्फ़ी।

जुल्फ़ी

बाबू जी मेरा शेर अटक गया है।

ध्रुव

(स्वगत) शेर अटक गया है, बोल तो ऐसे रहा है जैसे कॉन्स्टिपेशन हो गया हो। (प्रकट) ठीक है जुल्फ़ी, कोशिश करते रहो बाधा हट जायेगी। इस समय तो मेरा एक काम कर दो। अपनी बीबी जी को याद दिया देना कि...

जुल्फ़ी

बाबू जी आप कितनी मर्तबा तो बोल चुके हैं। पड़ोस की मल्लिका दीदी तक को मालूम है कि आपके दोस्त महेश बाबू आज 11 साल के बाद आपसे मिलने आ रहे हैं।

ध्रुव

जुल्फ़ी!

जुल्फ़ी

ठीक है बाबू जी बोल दूँगा।

ध्रुव अपनी लैब में जाता है। लैब में कुछ उपकरण दिखाई पड़ रहे हैं। कुछ उपकरणों में बत्तियाँ टिमटिमा रही हैं। ध्रुव वहाँ रखी एक कुर्सी में बैठता है और अपने सिर पर एक विचित्र उपकरण धारण कर लेता है।

जुल्फ़ी

मेरी जुल्फ में कैद हो गईं हैं, आज चमन की हवाएँ।

दरवाजे पर घंटी।

रुक जा अरे वो घंटी बजाने वाले। (दरवाजा खोलता है) आप....

चोर

हक हक हक

जुल्फ़ी

हक हक? कैसा हक, काहे का हक...बाबूजी यहाँ हक ही नहीं मिलता है। और आप...आप बताएँ कि आपको किससे मिलना है। ध्रुवबाबू से?

चोर

हक हक...

जुल्फ़ी

(स्वगत) एक तो ध्रुवबाबू ही विचित्र हैं, उनके मिलने वाले तो माशाअल्लाह।

चोर

हक।

जुल्फ़ी

ओ अब समझा, कहीं आपको हकलाने की बीमारी तो नहीं है। (चोर सिर हिलाता है) किससे मिलना है आपको?

चोर

हक...यही घर है न।

जुल्फ़ी

घर तो यही है। पर आपकी तारीफ...अरे कहीं आप महेश बाबू तो नहीं हैं, ध्रुव बाबू के बिछड़े हुए दोस्त?

चोर

(चोर सिर हिलाता है) हक...

चंद्रा

(अंदर से) कौन है जुल्फ़ी?

जुल्फ़ी

महेश बाबू हैं महेश बाबू, 11 साल के बाद आने वाले।

चंद्रा का प्रवेश।

चंद्रा

(चोर से) नमस्ते। मेरा नाम चंद्रा है। मैं ध्रुव की पत्नी हूँ।

जुल्फ़ी

(धीरे से) बीबी जी ये साहब हकलाते हैं।

चंद्रा

(नहीं समझते हुए) क्या है?

जुल्फ़ी

ये साहब हकलाते हैं।

चोर

हाँ, मुझे हक हक हकलाने की आदत है। बीमारी है।

चंद्रा

जी कोई बात नहीं। ठीक है जुल्फ़ी, तुम अपना काम करो।

जुल्फ़ी अंदर जाता है।

आप आराम से बैठिए न।

फोन की घंटी बजती है।

एक मिनट मैं अभी आई।

चंद्रा

(फोन पर बात करती है) अभी आप ध्रुवकुमार से बात नहीं कर सकते। नहीं फोन पर बुलाना संभव नहीं है। नहीं कहा न। आप फिर फोन कर लीजियेगा थोड़ी देर बाद।

(चोर से) अरे आप आराम से बैठिये। इस बैग को रखिये एक ओर। ध्रुव अभी थोड़ा व्यस्त है। अभी मिलता है आप से।

(जुल्फ़ी को पुकारती है) जुल्फ़ी...

फोन की घंटी बजती है।

इस फोन ने तो परेशान कर दिया है।

चोर

अभी आपकी परेशानी दूर हो जायेगी।

चंद्रा

जी?

चोर

फोन हटा दीजिये वहाँ से, परेशानी दूर हो जायेगी।

चंद्रा

(हँसती है) जुल्फ़ी...

जुल्फ़ी

जी बीबी जी।

चंद्रा

इन्हें पानी शरबत कुछ पिलाओ। (चोर से) एक मिनट में अभी आई।

(फोन पर) हलो। हाँ बोल रही हूँ। ओ अनुपमा। कल आ रही हो तो। हाँ बहुत कठिन केस है। हाँ हाँ मेरा भाई है। नाम है जनार्दन। अभी कुछ दिन रहेगा मेरे पास। अरे नहीं उसे पैसों की कोई प्राब्लम नहीं है। कहता है जीवन जीने के लिये है और बिना ह्विस्की के जीना भी कोई जीना है। हम लोग तो हार गये। अब तुम ही कुछ कर पाओ तो।

जनार्दन का प्रवेश।

हाँ ठीक है। मैं जनार्दन को बोल दूँगी। वह तुम्हारी प्रतीक्षा करेगा। नहीं नहीं वह मेरी बात नहीं टालेगा।

जनार्दन

तुम फोन पर मेरे बारे में किससे बात कर रही थीं।

चंद्रा

क्या तुम चुपके चुपके मेरी बात सुन रहे थे?

जनार्दन

(हँसता है) चुपके चुपके और तुम्हारी बातें! जब तुम धीरे बोलती हो न तब लगता है कि रेलवे प्लेटफार्म में लाउडस्पीकर में कोई गाड़ी आने की सूचना दे रहा हो। ऊपर से तुम्हारी आवाज इतनी मधुर और कर्णप्रिय है कि मत पूछो। ऐसा लगता है जैसे तुमने नास्ते में सैंडपेपर खाया हो।

चंद्रा

(जनार्दन को घूरती है। स्वगत) कंट्रोल, चंद्रा कंट्रोल।

जनार्दन

तुमने बताया नहीं, तुम फोन पर मेरे बारे में किससे बात कर रही थीं।

चंद्रा

(जनार्दन के हाथ के गिलास को दिखा कर) क्या तुम कभी यह गिलास छोड़ नहीं सकते!

जनार्दन

क्यों नहीं छोड़ सकता। मुझे इस गिलास से प्यार थोड़े ही है। जब यह ह्विस्की खतम हो जायेगी तब इसे छोड़ दूँगा। खाली गिलास मेरे किस काम का!

चंद्रा

देखो बात को घुमाओ नहीं।

जनार्दन

ये लो कर लो बात।

संभाषणम चक्रामिदं दोषम परे परे।

यानी बात घुमानेवाले बात घुमाने का दोष दूसरों सिर मढ़ रहे हैं।

चंद्रा

तुम क्यों संस्कृत की टाँग तोड़ने में लगे हुए हो। इतना ही शौक है संस्कृत बोलने का तो सीख क्यों नहीं लेते?

जनार्दन

आ हा हा बात घुमाओ नहीं। तुम फोन पर मेरे बारे में किससे बात कर रही थीं, मेरे बारे में?

चंद्रा

तुम मेरे भाई हो कि नहीं!

जनार्दन

(धीमे बड़बड़ाता है) यही तो मेरे जीवन की सबसे बड़ी ट्रैजेडी है।

चंद्रा

बड़बड़ा क्या रहे हो, जो बोलना है साफ साफ बोलो। तुम मेरे भाई हो कि नहीं!

जनार्दन

अब यह भी कोई पूछने की बात है।

चंद्रा

फिर मैं तुम्हें शराब पीने से मना भी नहीं कर सकती।

जनार्दन

लो कर लो बात, कर सकती हो। क्यों नहीं कर सकती। बल्कि तुम करती रहती हो।

चंद्रा

पर तुम शराब छोड़ोगे नहीं।

जनार्दन

अरे कोई कारण तो मिले छोड़ने का। अकारण कही कोई अमृत छोडता है भला। मैं तो कहता हूँ, तुम भी पीना शुरू कर दो। तब तुमको मालूम होगा कि कितनी अच्छी चीज है यह।

चंद्रा

तुम सुधरोगे नहीं।

जनार्दन

मैं बिगड़ा ही कब था। देखो देखो तुमने अभी भी मेरी बात का जवाब नहीं दिया है।

चंद्रा

इसी तरह पीते रहे तो तुम्हारा स्वास्थ्य बिगड़ जायेगा। तुम्हारा लिवर सड़ जायेगा।

जनार्दन

लिवर, किडनी, फेफड़े, दिल सब सही हैं। सब बहुत अच्छी तरह से काम कर रहे हैं।

चंद्रा

तुम्हें भ्रम की बीमारी हो जायेगी।

जनार्दन

यह नई चीज है। यह कौन सी बीमारी है।

चंद्रा

भ्रम की बीमारी। ऐसा लगेगा जैसे बदन पर चींटियाँ रेंग रही हों। तुम्हें चलती फिरती छायाएँ दिखाई पड़ेंगी ।

जनार्दन

छिच छिच। तुम इस तरह की बातें कैसे कर लेती हो! मुझे तो सुन कर ही झुरझुरी होती है। मुझे चींटियों से सख्त नफरत है।

चंद्रा

जब सुन कर ही तुम्हारी ऐसी हालत हो रही है तो तब कैसा लगेगा, तुम अंदाजा कर लो।

जनार्दन

मैं तुमसे वादा करता हूँ जिस दिन मेरे बदन पर एक भी चींटी रेंगती हुई महसूस होगी या मुझे एक भी छाया दिखाई पड़ेगी उसी दिन मैं पीना छोड़ दूँगा। पर मुझे मालूम है कि वह दिन कभी आने वाला नहीं है।

चीटियाँ रेंगेंगी, छायाएँ दिखाई पड़ेंगी...छिच इतनी गंदी बातें तुम सोच भी कैसे सकती हो। तुम अपने को किसी सकाइट्रिस्ट को दिखा लो।

तुम फोन पर मेरे बारे में किससे बातें कर रही थीं?

चंद्रा

तुम्हारे बारे में मैं किसी से बातें भी नहीं कर सकती?

जनार्दन

क्यों नहीं कर सकती, जरूर कर सकती हो। किससे बातें कर रही थीं?

चंद्रा

जिससे भी बातें कर रही थी वह तुमसे मिलने आ रही है।

जनार्दन

आ रही है! लड़की!! पर क्यों!!!

चंद्रा

क्योंकि मैं चाहती हूँ कि तुम उससे कल मिलो। कल सुबह कहीं जाना नहीं।

जनार्दन

कोई जबरदस्ती है।

चंद्रा

बिल्कुल है।

जनार्दन

कल सुबह मैं व्यस्त हूँ। मेरी एक मीटिंग है।

चंद्रा

(धीरे धीरे, शब्दों को चबाते हुए) कल सुबह कहीं जाना नहीं।

अंदर जाती है।

जनार्दन

अरे सुनो तो। गई। चलो कोशिश तो की थी।

कोशिशम करोति मनुष्य:

(चोर को देखता है) आप?

चोर

मैं।

जनार्दन

आप?

चोर

मैं। हलो हलो (गरमजोशी से गले मिलता है) हक हक अरे एकदम नहीं बदले इन 11 सालों में।

जनार्दन

ओ भाई, तुम हो कौन?

चोर

हा हा हा ये अच्छी रही। (जोर से हँसता है) मैं मैं हक हक मैं तुम्हारा दोस्त हूँ।

जनार्दन

मेरा दोस्त! ये क्या हो रहा है, मेरे साथ। मैं इसे क्यों नहीं पहचान पा रहा हूँ।

(चोर की ओर निरीह दृष्टि से देखता है) नहीं पहचान पा रहा हूँ।

चोर

हक कैसे पहचानोगे, इतने सालों के बाद जा मिल रहे है। मैं तुम्हारा बिछड़ा हुआ दोस्त हक हक सुरेश हूँ।

जनार्दन

सुरेश! (अलग जा कर) ये क्या हो रहा है, मेरे साथ। अब यह सुरेश कौन है!

चोर

(जनार्दन के पास आ कर) हक हक हक हक मैं सुरेश नहीं, हक हक महेश हूँ।

जनार्दन

(निरीह दृष्टि से छत की ओर देखता है और सिर नहीं में हिलाता है) महेश!

चोर

हक हक तुम्हारा 11 साल से बिछड़ा दोस्त, महेश।

जनार्दन

ओ ओ हो तो तुम महेश हो जिसकी सब आज सुबह से प्रतीक्षा कर रहे हैं।

चोर

हक हाँ...हक हाँ।

जनार्दन

(आवाज देता है) चंद्रा।

चोर

जी मैं उनसे मिल चुका हूँ।

जनार्दन

अच्छा तुम चंद्रा से मिल चुके हो। पर...पर...पर एक बात बताओ। नहीं नहीं रहने दो। (अलग जा कर, स्वगत) मेरे साथ कुछ हो तो नहीं रहा है न। चंद्रा ने तो मुझे डरा कर रख दिया है। यह आदमी कह रहा है कि वह मेरा 11 साल से बिछड़ा दोस्त है। गले मिल रहा है, पीठ थपथपा रहा है। पर क्यों। वह तो ध्रुव का 11 साल से बिछड़ा दोस्त है। यह अपने को मेरा दोस्त कैसे बता सकता है। मैंने गलत सुना क्या! कहीं मैं धीरे धीरे बहुत ज्यादा तो नहीं पी गया। इ इ इ इ क, कहीं मुझे भ्रम तो नहीं हो गया है। चंद्रा कह रही थी कि अधिक पीने से भ्रम हो जाता है। क्या मैं उस अवस्था को पहुँच गया हूँ। (अपने हाथ का गिलास दूर रख देता है।)

(चोर से) अच्छा सुनो, जो आदमी ज्यादा पी लेता है उसकी जबान लड़खड़ाती है। है न?

चोर

हाँ।

जनार्दन

बिन्दु लगंतम संस्कृतम न बनन्तम। ऋणम लिवेत, धृतम पिवेत।

कैसा लगा? और सुनो।

लटलटकनि मनोमत्त मधुपगण मादक मदहि पिए।

चोर

जी....

जनार्दन

मेरी जबान लड़खड़ाई? नहीं न। जरा तुम बोल कर दिखाओ,

लटलटकनि मनोमत्त मधुपगण मादक मदहि पिए।

चोर

हक हक ल हक हक ल...

जनार्दन

तुम तो ल मैं ही लटक गये। खैर जाने दो तुम यह नहीं कह पाओगे।

(स्वगत) अब मैं इससे पूछ ही लेता हूँ कि इसने सचमुच मुझे अपना दोस्त कहा या मुझे भ्रम हुआ।

(चोर से) तुमने अभी कहा कि तुम मेरे दोस्त हो, 11 साल से बिछड़े हुए?

चोर

ठीक ही तो कहा था।

जनार्दन

(जोर से हँसते हुये अपना गिलास उठा लेता है) ओ हो हो। मैं समझा कि मुझे भ्रम हुआ कि तुमने मुझसे कहा कि तुम मेरे 11 साल के बिछड़े दोस्त हो।

चोर

ऐं...

जनार्दन

खैर छोड़ो। तुम यह बताओ कि तुमने ऐसा क्यों कहा? मैं तो आज से पहले तुम से मिला ही नहीं!

चोर

क्या बात करते हो! तुम डी कुमार नहीं हो?

जनार्दन

डी कुमार?

चोर

दरवाजे पर नेमप्लेट में तो यही लिखा है।

जनार्दन

(हँसते हुए) ओ हो हो, तुम्हारे कहने का मतलब है ध्रुव कुमार। नहीं मैं ध्रुव कुमार नहीं हूँ। पर तुम कैसे आदमी हो यार, अपने दोस्त की शक्ल तक भूल गये और मुझे ध्रुव कुमार बता रहे हो।

चोर

हक हक 11 साल के बाद...

जनार्दन

तुमने यह भी कहा कि मैं 11 सालों में एकदम ही नहीं बदला।

चोर

वह मैंने ऐसे ही चिपका दिया था। कभी कभी चिपक जाता है और लोग खुश हो जाते हैं।

जुल्फ़ी शरबत ले कर आता है। चोर को गिलास देता है।

जुल्फ़ी

जनार्दन बाबू आप भी लीजियेगा शरबत?

जनार्दन

शरबत! शरबतम सर्वथा वर्जितम। यह भी कोई पीने की चीज है? (चोर की ओर देख कर) इसको छोड़ो, मैं तुम्हें पिलाता हूँ। बोलो क्या लोगे ह्विस्की, रम, ब्रांडी, जिन?

चोर

जी मैं काम के समय नहीं पीता।

जनार्दन

ये क्या बात हुई। अपने बिछड़े दोस्त से मिलने आये हो, कौन सा काम कर रहे हो?

चोर

जी इस समय मैं वर्क फ्रॉम होम में हूँ।

चोर आँख बचा कर शरबत का गिलास भी झोले में डाल लेता है।

जनार्दन

महेश...(जोर से) महेश!

चोर

(दूसरी आवाज पर उसे मालुम पड़ता है कि उसे पुकारा जा रहा है।) हक हक हक

जनार्दन

यार तुम बहरे भी हो क्या?

चोर

न न नहीं। कभी कभी कम सुनाई पड़ता है।

जनार्दन

अच्छा यह बताओ, ध्रुव तुम्हारा बचपन का दोस्त है। है न?

चोर

कौन ध्रुव...हक हक हक डी कुमार हक हक हक हाँ हाँ।

जनार्दन

फिर तुमको उसकी शक्ल कैसे याद नहीं है? यह बात मुझे हजम नहीं हो रही है।

चोर

ब ब बचपन में ही बिछड़ गये थे न, इसलिए।

जनार्दन

बचपन? हा हा हा 11 साल पहले तुम बच्चे थे क्या?

ज़ुल्फ़ी का प्रवेश।

ज़ुल्फ़ी

जनार्दन बाबू आप जरा इधर आइए।

जनार्दन

वहीं से बालो क्या है?

ज़ुल्फ़ी

आप सुनिए तो सही!

जनार्दन

(चोर से) एक मिनट मैं सुन कर आता हूँ। लगता है कोई घरेलू कॉनफरेंस है।

(जुल्फ़ी के पास जा कर) बोलो क्या बात है जो तुम अकेले में कहना चाहते हो?

जुल्फ़ी

पहले मैं आपको सुनाऊँगा। आप पारखी हैं न। आपको अच्छी लग गई तो फिर मैं उसे सबके सामने सुनाऊँगा।

जनार्दन

क्या आज तुमको कोई और नहीं मिला बोर करने के लिए!

जुल्फ़ी

ऐसा क्यों कहते हैं जनार्दन बाबू। मैं एक कवि हूँ।

जनार्दन

अरे हाँ, तुम एक कवि हो।

जुल्फ़ी

शायर हूँ।

जनार्दन

तुम एक शायर भी हो।

जुल्फ़ी

कवियों को, शायरों को बढ़ावा मिलना चाहिये। फिर मैं आपके इतने काम कर दिया करता हूँ। आप मेरी रचना तक नहीं सुन सकते! एकदम फड़कता हुआ शेर है। सुनेंगे तो उछल पड़ेंगे।

जनार्दन

ऐसी बात है!

जुल्फ़ी

हाँ है न।

जनार्दन

तो सुना।

जुल्फ़ी

अर्ज किया है,

कागज काटा पुतली बनाई, पुतली उड़ी आकाश।

तारों के संग खेली पुतली आई न जुल्फ़ी के पास।

जनार्दन

मेरी समझ में ठीक से नहीं आया। फिर से बोल।

जुल्फ़ी

अर्ज किया है

कागज काटा पुतली बनाई, पुतली उड़ी आकाश।

जनार्दन

वहीं रुको। हाँ तो जुल्फ़ी तुम मुझे पहले यह बताओ कि यह पुतली कौन है। पास पड़ोस में रहती है क्या? और तुमने उसे क्यों उड़ जाने दिया?

जुल्फ़ी

शायर की कल्पना है जनार्दन बाबू।

जनार्दन

(चिढ़ाता है) शायर की कल्पना है जनार्दन बाबू। तुम्हारी कल्पना बहुत घटिया होती जा रही है। जब तुमने पुतली को पटा ही लिया है यानी कागज काट कर मेहनत कर पुतली बना ही डाली तो उसे अपने पास ही रखो न।

इसी शेर को कुछ इस प्रकार कहते:
कागज काटा पुतली बनाई, पुतली है मेरे पास
आओ भैया देख कर जाओ एक रुपैया गेटपास
यानी पुतली को उड़ाना भी नहीं पडा और आमदनी अलग।

इस बीच चोर छोटी बड़ी चीजें चुराता हुआ प्रयोगशाला की ओर जाता है। वहाँ ध्रुव को बैठा देख कर चौंक जाता है। चुपके से वापस आ जाता है।

चंद्रा का प्रवेश।

चंद्रा
जुल्फ़ी! मैं तुमको कब से खोज रही हूँ। तुम यहाँ क्या कर रहे हो?

जनार्दन
जुल्फ़ी अभी जुल्फ़ टनकपुरी बना हुआ है।

चंद्रा
क्या गलत टाइम पर शायरी करता है। जुल्फ़ी, तुमने मेहमान को शरबत पिलाया?

जुल्फ़ी
हाँ, दे दिया।

चंद्रा
देखो कैसे बोल रहा है।

जनार्दन
हाँ, दे दिया तो ऐसे बोला जैसे जानवर को चारा डाल दिया हो।

चंद्रा
शरबत के साथ पेस्ट्री या नमकीन कुछ रखा?

जुल्फ़ी

नहीं वह तो नहीं रखा बीबी जी।

चंद्रा

(स्वगत) कंट्रोल योरसेल्फ चंद्रा। (प्रकट) बुद्धि से काम लिया करो जुल्फ़ी। तुम्हें नहीं मालुम ध्रुव का कितना पुराना दोस्त है वह।

जुल्फ़ी

अभी रख देता हूँ।

जाता है।

जनार्दन

चंद्रा मुझे तुम्हारे इस मेहमान के संबंध में एक बात करनी है।

चंद्रा

बोलो।

जनार्दन

मुझे यह आदमी फ्रॉड लगता है।

चंद्रा

क्या बकते हो?

जनार्दन

मैं कहता हूँ, इस आदमी से सावधान रहो। पूरा का पूरा हंड्रेड परसेंट फ्रॉड है।

पूर्णम पूर्णम फ्रॉड इदम।

उसने पहले अपना नाम सुरेश बतलाया था। मेरे दूसरी बार पूछने पर कहता है महेश।

चंद्रा

तुम्हारे कान बज रहे होंगे।

जनार्दन

अभी और सुनो। जानती हो फिर उसने और क्या किया? मुझे यानी मुझे ही अपना दोस्त समझ कर बातें करने लगा।

चंद्रा

तुम्हें भ्रम हुआ होगा।

जनार्दन

ऐं...

चंद्रा

सुबह से ही पीना जो आरंभ कर देते हो।

जनार्दन

तुम्हारा घर है, तुम जानो। बाद में मुझसे नहीं कहना कि मैंने होशियार नहीं किया।

जाता है।

चंद्रा

(चोर से) आप इतमिनान से बैठिये। ये मैगजीन पढ़िए। बस अब थोड़ी ही देर और।

चोर

हक हक हक धन्यवाद।

चंद्रा जाती है। जुल्फ़ी एक प्लेट में नमकीन बगैरह सजा कर लाता है।

जुल्फ़ी

लीजिए साहब आप कुछ नमकीन वगैरह खाइए। बस थोड़ी देर बाद ध्रुव बाबू आ जाते हैं।

चोर

जुल्फ़ी, वह साहब कौन हैं?

जुल्फ़ी

कौन?

चोर

हक वह जो कुर्सी में आँख बंद कर बैठे हैं।

जुल्फ़ी

अरे वही तो हैं ध्रुव बाबू।

चोर

ध्रुवबाबू माने डी कुमार! ध्रुव कुमार?

जुल्फ़ी

हाँ...आपने नहीं पहचाना?

चोर

ग ग ग ग 11 साल बीत गये हैं न।

जुल्फ़ी

आप....

चोर

थोड़ी देर पहले तुम ज ज जनार्दन ब ब बाबू को क क कविता सुना र रहे थे?

जुल्फ़ी

हाँ मैं शौकिया शायर हूँ। नाम है जुल्फ़ टनकपुरी।

चोर

यह तो बड़ी अच्छी बात है।

जुल्फ़ी

कुछ सुनाऊँ आपको?

चोर

हक हक हक क्यों नहीं। मुझे भी सुनने का बहुत शौक है। अच्छा पहले यह बताओ कि ध्रुव कुमार को कोई बीमारी है क्या?

जुल्फ़ी

नहीं तो, क्यों?

चोर

तब से वे वहाँ आँखें बंद किए बैठे हैं। और उनके सिर में कुछ रखा हुआ है।

जुल्फ़ी

आपको नहीं मालुम?

चोर

हक हक हक ग ग ग 11 साल

जुल्फ़ी

हाँ 11 साल भी तो हो गये हैं आपको उनसे मिले हुए।

चोर

हक हक हक हाँ।

जुल्फ़ी

ध्रुव बाबू बहुत बड़े वैज्ञानिक हैं। सायंटिस्ट।

चोर

अच्छा...

जुल्फ़ी

वे नई नई चीजों का आविष्कार करते रहते हैं।

चोर

उनके सिर में क्या है?

जुल्फ़ी

वह रामप्रसाद है।

चोर

रामप्रसाद!

जुल्फ़ी

वह भी उनका एक आविष्कार है। वे उसे रामप्रसाद कहते हैं।

चोर

ये रामप्रसाद जी करते क्या हैं।

जुल्फ़ी

ध्रुव बाबू ने एक बार मुझे बताया था कि उसे पहन कर बड़े नये नये विचार आते हैं। फिर उन्हीं नये विचारों से वे नई चीजों का आविष्कार करते हैं।

चोर

रामप्रसाद जी को सिर में रखने से नये नये विचार आते हैं!

जुल्फ़ी

हाँ और नये नये विचारों से नई नई चीजों का आविष्कार होता है।

चोर

अरे वाह। (स्वगत) यह तो बड़े काम की चीज है। नये नये विचार! नये नये विचारों से चोरी के नये नये तरीके, वाह!

जुल्फ़ी

(सुन लेता है) चोरी?

चोर

अरे कुछ नहीं, मैं कुछ और ही सोचने लग गया था। कुछ सुनाने वाले थे न तुम?

जुल्फ़ी

सुनिये। एकदम मौके का शेर है।

चोर

ज ज ज जरूर।

जुल्फ़ी

अर्ज किया है,

वो आये घर में हमारे, खुदा की कुदरत है।

कभी हम उनको कभी अपने घर को देखते हैं।

चोर

तुमने मेरी ओर इशारा करके यह शेर क्यों पढ़ा?

जुल्फ़ी

जब आप जैसा कोई आये तभी यह शेर पढ़ा जाता है।

चोर

क क क्यों कभी तुम मुझको और कभी अपने घर को द द द देखते हो! क्क क क क क्या मैं तुम्हें हक हक हक चोर लगता हूँ जो तुम्हारे घर की चीजें उठा लूँ।

जुल्फ़ी

अरे आपने तो अर्थ का अनर्थ कर दिया। मेरा वह मतलब थोड़े ही था।

चोर

अगली बार जब भी शेर सुनाना पहले मतलब समझा देना। (इधर उधर देखता है) वैसे तुम्हारे घर में कोई चोर घुस आया तो बेचारा अपनी किस्मत को रोयेगा। यहाँ तो उठाने लायक कुछ दिखाई नहीं देता। न टीवी, न कंप्यूटर, न लैपटॉप। कोई भूला भटका मोबाइल भी नहीं दिखाई पड़ता।

जुल्फ़ी

आप भी क्या बातें कर रहे हैं महेश बाबू? इतने बड़े वैज्ञानिक का घर है। सभी कुछ है। टीवी का अलग से एक कमरा है। बेडरूम में भी टीवी हैं। सबके अपने अपने लैपटॉप हैं।

चोर

ओ...

जुल्फ़ी

फिर आप रामप्रसाद को न भूलिए।

चोर

हाँ रामप्रसाद जी भी हैं।

जुल्फ़ी

अच्छा अब आप आराम से बैठिए। कुछ भी चाहिए तो बिना संकोच बोलिएगा। आप ध्रुवबाबू के पुराने मित्र हैं। (खोजता है) वो गिलास कहाँ रखा आपने?

चोर

कौन सा गिलास?

जुल्फ़ी

वही जिसमें मैं शरबत लाया था।

चोर

अजीब आदमी हो! मुझे क्या मालुम तुमने गिलास कहाँ रखा है। क्या तुम मुझे चोर समझते हो?

जुल्फ़ी

अरे आप तो नाहक गरम हो रहे हैं।

चोर

तुम बात ही ऐसी कर रहे हो।

जुल्फ़ी

अब नहीं करूँगा।

जाता है। फोन की घंटी बजती है। चोर फोन उठाता है।

चोर

हलो। नहीं नहीं यहाँ कोई नहीं रहता। राँग नंबर।

रिसीवर रखता है। फोन के तार काटता है और फोन उठा कर अपने बैग में रखता है। दरवाजे पर घंटी बजती है। चोर को ऐसा लगा जैसे फोन की घंटी बजी हो। वह बैग से फोन निकाल कर सुनता है। दरवाजे पर फिर घंटी बजती है। चोर को अपनी गलती का आभास होता है और वह जा कर दरवाजा खोलता है।

मल्लिका का प्रवेश।

मल्लिका

आप?

चोर

हक हक हक म म म म म...

मल्लिका

ओके ओके लेट मी गेस, महेश?

चोर सहमति में सिर हिलाता है।

ठीक पहचाना न मैंने!

चोर

ठी ठी ठी ठी ठीक।

मल्लिका

आप मुझसे मिलिए, मैं हूँ मल्लिका। चंद्रा की सहेली। कॉलेज फ्रेंड। यहीं पास में रहती हूँ। सब लोग कहाँ हैं।

चोर

स स स स स स सब लो लोग...

मल्लिका

आप बैठिए। मैं खुद पता कर लेती हूँ। (पुकारती है) जुल्फ़ी, जुल्फ़ी...

जुल्फ़ी

(प्रवेश कर) जी मल्लिका दीदी।

मल्लिका

क्यों भाई, इस मेहमान के इतने चर्चे सुने हैं, घर भर में और कोई दूसरी बात ही नहीं हो रही थी। पर अब जब मेहमान आया है तो तुम लोगों ने उसे अकेला छोड़ रखा है। (जुल्फ़ी चुप रहता है) जुल्फ़ी!

जुल्फ़ी

जी मल्लिका दीदी

मल्लिका

क्या बात है जुल्फ़ी तुम्हारे डायल में तो 12 बजे हैं।

जुल्फ़ी

जी मल्लिका दीदी।

मल्लिका

यह तोते की तरह जी मल्लिका दीदी कहना बंद करो तो।

जुल्फ़ी

जी मल्लिका दीदी।

मल्लिका

जुल्फ़ी

जुल्फ़ी

जी मल्लिका दीदी।

मल्लिका

(स्वगत) यह तो लगता है गया काम से।

जुल्फ़ी

(पूछता है) जी मल्लिका दीदी...

जनार्दन का प्रवेश

जनार्दन

आह मल्लिका, वाह मल्लिका

मल्लिका

अरे जनार्दन ठीक समय पर आये।

जनार्दन

और तुम जब भी आती हो, वही समय ठीक हो जाता है।

मल्लिका

(हँसती है) मैं तुम्हीं को याद कर रही थी।

जनार्दन

हाय मैं मर जाऊँ,
जो लड़की कल मेरे सपने में आई,
आज उसको भी मेरी याद आई।

मल्लिका

(झेंपती है फिर संभल कर हँसती है) आज हमारे अजीज शायर श्री जुल्फ़ टनकपुरी का दिमाग बहुत गर्म हो रहा है।

जनार्दन

ऐसा तो खैर हो ही नहीं सकता। जुल्फ़ी का दिमाग तो कभी गरम हो ही नहीं सकता।

मल्लिका

क्यों नहीं हो सकता।

जनार्दन

(साजिशाना आवाज में) जब दिमाग ही नहीं तो गरम होगा कहाँ से!

मल्लिका और जनार्दन हँसते हैं। जुल्फ़ी ने लगता है बात सुन ली। वह लंबी लंबी साँस लेते हुए अंदर चला जाता है। इस बीच चोर टेबल पर पड़ी पत्रिकाएँ पढ़ता है। एक पत्रिका उठाता है पढ़ता है और पढ़ने के बाद अपने बैग में रखता है। दूसरी पत्रिका उठाता है।

मल्लिका

उसके सामने तुम्हें ऐसा नहीं कहना चाहिए था। बेचारा बुरा मान गया।

जनार्दन

मना लूँगा। उसे मनाना तो बहुत आसान है। बस उससे कहो कि कुछ सुनाओ जुल्फ़ टनकपुरी, बस।

मल्लिका

उसे हुआ क्या है अभी। ऐसा तो मैंने कभी नहीं देखा उसे।

जनार्दन

आज उसका दिन ही खराब है। पहले उसने मुझे एक शेर सुनाया। मैंने उस शेर की धज्जियाँ उड़ा दीं। फिर उसने हमारे मेहमान को एक शेर सुनाया। मेहमान को पसंद नहीं आया।

जुल्फ़ी कह रहा था कि उसने अर्थ का अनर्थ कर दिया। और फिर वह सहानुभूति की तलाश मे चंद्रा के पास गया और चंद्रा ने भी उसे दुत्कार दिया।

मल्लिका

अरे यह तो बहुत हो गया एक दिन के लिये। आज चंद्रा ने कुछ कहा तुमसे? उसने न ठान रखी है कि वह तुम्हारी शराब छुड़ा कर रहेगी।

जनार्दन

अरे वो (हँसता है) मुझे डरा रही थी कि मुझे भ्रम की बीमारी हो जायेगी। इत्यादि इत्यादि। मैंने भी कह दिया जिस दिन हो जायेगी उस दिन छोड़ दूँगा। (जोर से हँसता है।)

मल्लिका

अच्छा जनार्दन कभी ऐसा हुआ यानी तुमने शराब छोड़ी और तुम्हारा दिमाग सही रहा तो मुझे जरूर बुलाना।

जनार्दन

क्यों तुम कहाँ जाओगी?

मल्लिका

हमें तो आज ही नहीं मिलता है अपना पता, कल मले न मिले हम रहें न रहें क्या पता।

जनार्दन

जुल्फ़ी का असर तुम पर भी पड़ रहा है।

मल्लिका

क्यों नहीं पड़ेगा भई। रोज का साथ है।

दोनों हँसते हैं। प्रयोगशाला में बत्तियों की टमटिमाहट बढ़ जाती है। एक विचित्र सी आवाज के साथ ध्रुव ही टोपी का बल्ब जल उठता है। ध्रुव टोपी उतार कर एक ओर रखता है और उठ ककर बेतहाशा पास के कबाड़ में कुछ खोजने लगता है।

चंद्रा और जुल्फ़ी का प्रवेश।

जनार्दन

चंद्रा।

चंद्रा

क्या है?

जनार्दन

उछलने के लिये तैयार हो जाओ।

ध्रुव

चंद्रा, चंद्रा! जनार्दन! अरे कहाँ हो तुम लोग। क्या जबरदस्त आइडिया आया है। सुनोगे तो उछल पड़ोगे।

जनार्दन

हा हा हा हा, हम तो सुबह से ही उछलने के लिये तैयार बैठे हैं, सुनाओ तो सही।

खोजते खोजते ध्रुव को एक चार फिट की लोहे की छड़ मिलती है, जिसे ले कर वह दौड़ कर सबके बीच पहुँचता है।

ध्रुव

यार तुम चुप करो जनार्दन। चंद्रा यह देखो मेरी नयी खोज! मेरी नयी डिस्कवरी! मेरा नया आविष्कार! नया चमत्कार!

जनार्दन

यार ध्रुव या तो तुम नशे में हो या मुझे चढ़ गई है। कबाड़खाने से लोहे की छड़ को दिखा कर कह रहे हो कि यह तुम्हारा आविष्कार है। चमत्कार है।

चंद्रा

जनार्दन, तुमने बहुत पी रखी है। तुमको भ्रम हो रहा है।

जनार्दन

ऐं...

ध्रुव

यह कोई मामुली रॉड नहीं है। यह है स्वस्थ और सुखी जीवन का रहश्य। इस आविष्कार का नाम है वंडरबार। इस वंडरबार की सहायता से स्त्री और पुरुष, युवक और युवतियाँ, बूढ़े और जवान सभी सदाबहार तंदुरुस्त रह सकते हैं।

मल्लिका

ध्रुव ऐसा क्या भेद छिपा है इस डंडे में।

जनार्दन

मैं समझ गया, तुम इस डंडे से मार मार कर सबको तंदुरुस्त बनाओगे।

जनार्दन हँसता है। मल्लिका साथ देती है।

चंद्रा

जनार्दन, तुम चुप करोगे।

ध्रुव

पहले सुन तो लो जनार्दन। इस वंडरबार को ऐसे दोनों हाथों में पकड़ कर रोज 100 बार ऊपर नीचे करने से कंधे मजबूत होंगे।

पसली की मांसपेशियाँ मजबूत हो जायेंगी। तीन महीने में छाती दो इंच बढ़ जायेगी।

जनार्दन

स्त्री की न पुरुष की।

ध्रुव

दोनों की।

जनार्दन

चंद्रा तुम इसका प्रयोग तो हरगिज न करना। तीन महीने में पहलवान दिखने लगोगी।

चंद्रा

वेरी फनी!

ध्रुव

इसको इस तरह पकड कर जमीन छूने से पेट हमेशा सपाट रहेगा। मोटे व्यक्ति पतले हो सकते हैं।

जुल्फ़ी

ध्रुव बाबू यह तो एक जबरदस्त आविष्कार है।

ध्रुव

अभी तो बहुत कुछ है। इस वंडरबार के साथ कुछ अटैचमेंट भी होंगे। जैसे दो लोहे के पिलर और एक झूला। पिलर पर वंडरबार अटका दो और उससे झूला लटका दो। कसरत करने के बाद झूलते रहो। अच्छा पहले यह सब में डायरी में नोट कर लूँ। नहीं तो बाद में भूल जाऊँगा।

जाता है।

इस बीच चोर जल्दी से जाकर ध्रुव की टोपी (रामप्रसाद) उठाता है और चट से अपने थैले में रख लेता है। और आकर अपनी जगह बैठ जाता है। किसी को मालूम भी नहीं पड़ता कि टोपी चोरी हो गयी है।

चंद्रा

(चोर को देख कर) ओ हो मैं महेश के बारे में बताना तो एकदम भूल गई।

चोर

अब ब ब ब ब मैं चलता हूँ।

चंद्रा

अरे ऐसा कैसे हो सकता है।

चोर

हक हक हक मैं फ फिर आऊँगा। मुझे एक बार तो और आना ही पड़ेगा। हक हक हक ।

चंद्रा

नहीं नहीं आप बैठिए। ध्रुव बस दो मिनटों में आ रहा है।

मल्लिका

लो मैं जिस काम से आई थी वह तो भूल ही गई।

चंद्रा

हाँ हाँ जनार्दन से मिलने के बाद तुम सब भूल ही जाती हो।

जनार्दन

क्या क्या ! क्या मतलब?

मल्लिका हँसती है।

मल्लिका

पहला काम, चंद्रा मैं तुमको यह बतलाने आई थी कि आजकल जरा सावधान रहा करो। आजकल एक चोर घरों में घुस कर धड़ल्ले से चोरी करता है। वह कोई पुराना रिश्तेदार बता कर घरों में घुसता है और सामान थैलों में भर कर आराम से निकल जाता है। अक्सर गहरी दाढ़ी लगा कर आता है। कभी अच्छी तरह से बोलता है कभी हकला कर।

चोर चुपके से उठ कर जाने लगता है।

जनार्दन

मल्लिका तुमने गौर किया, जितनी बातें तुमने बताईं हैं सब की बस हमारे मेहमान पर फिट आती हैं।

चंद्रा

जनार्दन क्या बक रहे हो! (चोर से) अरे आप बैठिए। यह तो बकता ही रहता है।

चोर बैठता है।

मल्लिका

चंद्रा, यह तो गड़बड़ हो गई। मैंने तो तुमको सावधान करने के लिये कहा था। अच्छा मुझे एक फोन करना है। फोन नहीं दिखाई पड़ रहा है। अरे यहाँ तो तार कटा हुआ है।

जनार्दन

हा हा फोन गायब है, माने चोरी हो गया है। जरूर इस आदमी ने चुराया है।

मल्लिका

अब तो मुझे भी विश्वास हो गया है।

चोर

हक हक हक मेरा इतना बड़ा अपमान हुआ है। मैं अभी जाता हूँ।

दरवाजे पर घंटी। जुल्फ़ी दरवाजा खोलता है। महेश अंदर आता है।

जनार्दन

आप कौन हैं?

महेश

मेरा नाम महेश है। मैं ध्रुव का दोस्त हूँ।

जनार्दन

हा हा एक और महेश।

मल्लिका

दो दो महेश। दोनों 11 साल बाद आने वाले थे?

चंद्रा

मल्लिका, जनार्दन चुप करोगे तुम दोनों!

जनार्दन

चोर है यह ! जुल्फ़ी पकड़ो जाने न पाये।

जुल्फ़ी चोर को पीठे से पकड़ लेता है। जनार्दन उसके हाथ में बैग छीन लेता है। जुल्फ़ी चोर को पटक कर उसके ऊपर बैठ जाता है।

जनार्दन

यह देखो ध्रुव की थिकिंग कैप, श्री रामप्रसाद जी।

जुल्फ़ी

रामप्रसाद जी को चुराया! ध्रुव बाबू के रामप्रसाद जी को!! (उठ कर चोर को दो लात मारता है।)

जनार्दन

(चोर के बैग से निकालता है) टेलीफोन, ऐश ट्रे, चाँदी की तस्तरी (जैसे जैसे जनार्दन बोलते जाता है, जुल्फ़ी चोर को लात मारते जाता है।)

चोर अपने को छुड़ा कर भाग जाता है।

जनार्दन

भाग गया साला।

फेडआउट

जनार्दन

(अंधेरे में) बाप रे गिलास तक नहीं छोड़ा...

दृश्य दो

स्थान वही बैठक । समय संध्या । ध्रुव, चंद्रा, महेश और जनार्दन बातें कर रहे हैं।

महेश

11 सालों का हिसाब एक दिन में! अरे कई एपिसोड लगेंगे। अभी इतना जान लो कि मेरा जीवन रमता योगी और बहता पानी की तरह रहा।

ध्रुव

शादी नहीं की?

महेश

न।

ध्रुव

तो तुम ब्रह्मचारी बने रहे अभी तक।

जनार्दन

ब्रह्मचारी नहीं, बैचलर।

चंद्रा

एक ही बात हुई न।

जनार्दन

एक बात नहीं हुई। बैचलर उस अनब्याहे ब्यक्ति को कहते हैं जो ब्रह्मचर्य का पालन नहीं करता है।

चंद्रा

तुम अपनी यह परिभाषा जा कर मल्लिका को सुनाओ। वही एप्रीशियेट करती है तुम्हारी ऊलजलूल बातें।

महेश

मुझे पहले तो शादी से बहुते डर लगता था। एक लड़की है। नाम है सुभद्रा। उसका डीलडौल और उसके चेहरे के हावभाव ऐसे हैं कि अगर उसके हाथ में राइफल थमा कर फ्रंट में भेज दो तो दुश्मन की आधी फौज तो डर कर ही भाग जायेगी। सुभद्रा की शादी हुई ललन प्रसाद से। ध्रुव जानता है ललन को।

ध्रुव

वही दयनीय सा दिखने वाला ललन?

महेश

शादी के बाद तो और भी दयनीय हो गया है। पिछले साल उन दोनों को एक पुत्र रत्न की प्राप्ति हुई। लड़के का चेहरा हूबहू माँ से मेल खाता है। ललन कहता है कि उसकी आँखें छोटी हैं पर इतनी तेज हैं कि एक मिनट तक देख ले तो पीतल के लोटे में छेद हो जाय। रोता है तो अपनी सूरत ऐसी बनाता है कि उगता सूरज तुरंत डूब जाय। कहने का मतलब ललन प्रसाद ने वैवाहिक जीवन का जो चित्र खींचा है...

ध्रुव

यानी ललन की हालत देख कर तुम शादी नहीं कर रहे हो!

महेश

यह मैने कब कहा? ललन की हालत देख कर मुझमें जोश आ गया कि मैं भी शादी करूँगा। वैवाहिक जीवन का फर्स्ट हैण्ड अनुभव लेने की इच्छा जागृत हो उठी है।

ध्रुव

अरे तो फिर क्यों नहीं की शादी?

जनार्दन

कभी तुम लोगों ने मुझसे भी पूछा है कि मैंने शादी क्यों नहीं की?

चंद्रा

तुम अपनी तो रहने दो। क्यों पूछें तुमसे। तुम्हारी तो शादी हो चुकी है।

जनार्दन

किससे की मैंने शादी?

चंद्रा

बोतल से। (हँसती है। ध्रुव भी हँसता है।)

जनार्दन

देख लो महेश, इस घर में इज्जत पाने के लिये शादीशुदा होना बहुत जरूरी है। नहीं बात बे बात पर ताने मारे जायेंगे।

महेश

एक मिनट। बात बे बात पर ताने...शादीशुदा होना बहुत जरूरी। माने या तो शादी नहीं तो ताने।

जनार्दन

ठीक समझे।

महेश

क्या करूँ शादी करने की कोशिश तो बहुत की पर अभी तक सफल नहीं हो पाया हूँ।

ध्रुव

विश्वास नहीं होता।

जनार्दन

हमें भी तो बताओ, क्या क्या कोशिशें की?

महेश

ये तो लंबी दास्तान है। संक्षेप में दर्जनों बार मेरी शादी की बात चली। हर बार कोई न कोई ऐसी अड़चन आई कि शादी रुक गई।

चंद्रा

अरे।

महेश

मैं बहुत बदनाम भी हो गया था। लोग कहने लगे थे कि यदि उन सभी लड़कियों को एकत्रित किया जाय जिनसे मैं शादी करना चाहता था तो एक क्रिकेट का मैदान तो आराम से भर जायेगा। एक मित्र ने तो हद ही कर दी। उसने खुद ही उस लड़की से शादी कर ली जिसके पास मैंने उसे भेजा था।

चंद्रा

(आश्चर्य से मुँह खोल कर) हा।

जनार्दन हँसता है। ध्रुव उसका साथ देता है।

महेश

उसके बाद मैं बहुत दिनो तक चुप बैठा रहा। (थोड़ी देर चुप रहने के बाद) अभी हाल ही में एक लड़की से मुलाकात हुई है। लड़की भी मुझे नापसंद नहीं करती है, पर...

चंद्रा

पर क्या?

महेश

बात आगे नहीं बढ़ रही है।

ध्रुव

तो बात बढ़ाओ न।

चंद्रा

हाँ, जा कर उससे कहो कि तुम उससे प्यार करते हो।

महेश

यही तो नहीं बोल पाता चंद्रा जी। एक दो बार हिम्मत तो की थी पर कभी गले में लगता है कि कुछ फँस गया हो और कभी एक बेवकूफी भरी हँसी निकलती है बस।

जनार्दन

अरे, इसका इलाज है मेरे पास। व्हिस्की। व्हिस्की अंदर, हिम्मत बाहर।

ध्रुव

(हँसता है) तो महेश लगता है यह भी गई।

महेश

नहीं, अनुपमा को तो नहीं जाने दूँगा।

जनार्दन

शाबास पट्ठे यह हुई न बात।

चंद्रा

क्या नाम बताया अनुपमा? एक अनुपमा को तो मैं भी जानती हूँ, अनुपमा शर्मा, लिंक रोड में रहती है।

महेश

अनुपमा शर्मा, 25 लिंक रोड!

चंद्रा

हाँ, क्या संयोग है। वह कल यहाँ आने वाली है।

महेश उठता है फिर चंद्रा को साष्टांग दण्डवत करता है।

ध्रुव

अबे, यह क्या कर रहे हो।

महेश

(चंद्रा का पाँव पकड़ कर) चंद्रा जी आप वादा कीजिए कि आप अनुपमा से मेरी बात आगे बढ़ायेंगी।

चंद्रा

अच्छा ठीक है उठो। मैं उसके मन में क्या है यह पता कर दूँगी। पर बात तो तुम्हीं को करनी होगी।

ध्रुव

पर कहोगे क्या? उसके सामने तो तुम्हारी बोलती बंद हो जाती है।

महेश

मैंने पब्लिक स्पीकिंग कोर्स ज्वायन किया है ताकि ठीक समय पर ठीक ठीक बोल सकूँ।

जनार्दन

यह नई बात हुई। प्रणय निवेदन के लिये पब्लिक स्पीकिंग कोर्स। जीओ मेरे लाल। ध्रुव देखो बिना रामप्रसाद के भी मस्तिष्क उपजाऊ होते हैं। अरे महेश तुम बता ही डालो क्या कहोगे और कैसे कहोगे।

चंद्रा

हाँ तुम्हारी रिहर्सल भी हो जायेगी।

ध्रुव

हाँ महेश अब बोल भी चुको।

महेश

अब तुम लोग जिद ही करते हो तो...
अनुपमा जी, उसका नाम अनुपमा है।

ध्रुव

(हँसता है) अच्छा, हमें तो मालूम ही नहीं था।

महेश

अनुपमा जी, हमारी मुलाकात आज से साढ़े चार महीने पहले हुई थी। तब से अब तक की मुलाकातों के बीच आपने लक्ष्य किया होगा कि आपके प्रति मेरी भावनाएँ एक साधारण मुलाकाती की भावनाएँ न हो कर मेरे हृदय की अथाह गहराइयों से निकली हुई भावनाएँ हैं। ये भावनाएँ मेरे लिये पहले तो अपरिभाषित रहीं। अब गंभीर रूप से विश्लेषण करने के बाद इस निष्कर्ष पर पहुँचा हूँ कि ये भावनाएँ कुछ और न हो कर स्त्री और पुरुष के बीच पनपने वाला प्यार है। वही प्यार जिसके पर्यायवाची शब्द हैं प्रेम और मुहब्बत।

जनार्दन कुर्सी से नीचे गिर जाता है।

क्या हुआ जनार्दन?

जनार्दन

कुछ नहीं, कुछ नहीं। थोड़ा इमोशनल हो गया था। तुम चालू रहो।

महेश

अनुपमा जी, हमारी पहली मुलाकात में प्रेम की चिंगारी मेरे गहरे अंदर सुलगी। अल्पकाल में ही अब वही चिंगारी मेरे अंदर लपलपाती लपटों वाली लहलहाती आग का ज्वालामुखी बन चुकी है। इस ज्वालामुखी ने मेरे अंदर हजारों करोड़ों फफोले पैदा

कर दिये हैं। और एक एक फफोला फूट फूट कर यही कहता है अनुपमा, मैं तुमसे प्यार करता हूँ।

जनार्दन सुबुकने लगता है।

जनार्दन

यह फफोला क्या होता है?

चंद्रा

जलने के बाद जो होता है।

जनार्दन

जलने के बाद क्या होता है?

चंद्रा

फफोला।......ब्लिस्टर।

जनार्दन

हा...आह...(अपनी आँख पोंछता है) तुम चालू रहो महेश। डोंट माइन्ड मी।

महेश

इन आग की लपटों और बनते और फूटते फफोलों का शोर तुम सुन चुकी हो, अनुपमा।

तुम्हारी आँखों की गहराइयों में मैंने देखा है तुम भी इस ज्वालामुखी की आँच से अछूती नहीं हो, अनुपमा।

तुम भी झुलस चुकी हो, अनुपमा।

तुम्हारे अंदर मेरे प्रति जो भी अव्यक्त है उसे व्यक्त कर दो, अनुपमा।

अपने सानिध्य से, अपनी मधुर वाणी से, अपने शीतल स्पर्श से, इस ज्वालामुखी को शांत करो, अनुपमा।

नहीं तो मैं फफोला-फफोला बन कर फूटता और मरता चला जाऊँगा। जब अंतिम फफोला फूटेगा तब वहाँ रह जायेगा शून्य। उस शून्य में भटकेगी मेरी अतृप्त आत्मा जो तड़प तड़प कर कहेगी मैंने प्यार किया। इसलिए अब विलंब न करो अनुपमा।

आओ, हे मेरी अनुपमा।

शीघ्रातिशीघ्र आओ और मेरे साथ प्रणयसूत्र में बँध जाओ, अनुपमा ।

ध्रुव और चंद्रा अवाक देखते रह जाते हैं। जनादर्न आँसू पोंछता है।

फेडआउट

दृश्य तीन

स्थान ध्रुव की प्रयोगशाला।

महेश

याद है हम तुम्हें सनकी शूरमा कहा करते थे। तो तुम अपनी सनक के पीछे पड़े रहे और आज एक तुम एक आविष्कारक यानी इनवेंटर बन ही गये। यह क्या है?

ध्रुव

एग व्यायलर। अंडा उबालने के मशीन। इसका ट्रायल चल रहा है।

महेश

कुछ ज्यादा नहीं हो गया?

ध्रुव

क्या ज्यादा हो गया है?

महेश

यानी यह अंडा उबालने का फैंसी बरतन है। अब इसमें क्या ट्रायल होना है? अंडा डालो पानी डालो उबालो बस।

ध्रुव

इस मशीन में अंडा डाल दो बस। जब अंडा तैयार हो जायेगा तो अपनेआप बाहर आ जायेगा और मशीन अपनेआप बंद हो जायेगी। न पानी का झमेला और न ही यह जानने की जरूरत कि अंडे को उबलने में कितने मिनट लगते हैं। बिजली की बचत अलग।

महेश

अरे वाह। मान गये। और यह डंडा यहाँ क्यों रखा हुआ है? डोंट टेल मी कि यह तुम्हारा कोई आविष्कार है!

ध्रुव

है आविष्कार। आज का नया आइडिया। नाम दिया है वंडरबार। इस वंडरबार को ऐसे दोनों हाथों में पकड़ कर रोज 100 बार ऊपर नीचे करने से कंधे मजबूत होंगे। पसली की मांसपेशियाँ मजबूत हो जायेंगी। तीन महीने में छाती दो इंच बढ़ जायेगी। इसका इस तरह प्रयोग कर जैसी चाहो कसरत कर लो।

महेश

तुमको इस तरह के नये विचार कैसे आते है यार?

ध्रुव

(थिंकिंग कैप दिखाता है) इसके द्वारा। यह मेरे जीवन का सबसे बड़ा काम है। रामप्रसाद।

महेश

रामप्रसाद?

ध्रुव

इस आविष्कार का नाम दिया है रामप्रसाद। यह एक यंत्र है।

महेश

कैसा यंत्र?

ध्रुव

यह मालीक्यूलर ट्रांसपोर्टेशन का पहला स्टेप है। इस स्विच को दबाने से इसमें बहुत ही हाई एनर्जी और हाई फ्लक्स वाला फील्ड तैयार हो जाता है जिसको एक बहुत ही एडवांस सुपर कंप्यूटर कंट्रोल करता है। तुमने परम कंप्यूटर का नाम तो सुना होगा, यह चरम कंप्यूटर है। यों समझ लो इस रामप्रसाद को सिर में रखने के बाद इस स्विच को दबाने से आदमी की आत्मा शरीर छोड़ कर इसके चुंबकीय क्षेत्र में कैद हो जाती है।

महेश

डराओ मत।

ध्रुव

उस अवस्था में जब सब कुछ तरंगों के रूप में रहता है तो सोचने की प्रक्रिया बहुत तीव्र हो जाती है। कंप्यूटर सब विचार धाराओं को एकत्र करता है। उस समय इसके अंदर एलार्म बजता है और यह बत्ती जल उठती है। फिर यह स्विच दबाने से फील्ड समाप्त हो जाता है और सब कुछ जैसा था वैसा ही हो जाता है।

महेश

बाप रे। माने यह रामप्रसाद आदमी की आत्मा को अपने प्रभाव में ले लेता है और काम पूरा होने पर छोड़ देता है।

ध्रुव

हाँ। ठीक समझे।

महेश

जरा पहन कर बताओ न।

ध्रुव

हाँ हाँ क्यों नहीं। (रामप्रसाद को सिर में रखते हुये) यह देखो मैंने यह स्विच दबाया और कुछ ही क्षणों में बाहर की दुनियाँ एकदम बंद।

महेश

अरे यार ऐसे देख कर तो कुछ भी नहीं पता चल रहा है। मैं भी पहन कर देखूँ।

महेश ध्रुव के सिर से टोपी उतार का स्वयं पहन लेता है। टोपी से बिजली की तरंगें उठती हैं और दोनों धड़ाम से गिर जाते हैं। पहले होश ध्रुव को आता है। उसी समय वही चोर आता है और टोपी उठा कर चलता बनता है। ध्रुव पड़े पड़े आश्चर्य से उसे देखता रहता है। फिर महेश को होश आता है।

महेश

(शरीर महेश का और आत्मा ध्रुव की) महेश, महेश!

ध्रुव

(शरीर ध्रुव का और आत्मा महेश की) ध्रुव क्या हुआ यार? तुम्हारे रामप्रसाद ने तो जबरदस्त झटका दिया था। उफ, हिला के रख दिया।

महेश

तुमसे किसने कहा था कि मेरे सिर से रामप्रसाद को उतारो। स्विच ऑन था न! मैंने बताया तो था कि रामप्रसाद को सिर से उतारने से पहले उसका स्विच ऑफ करना पड़ता है। मेरे दिमाग में आभी तक सब कुछ तैर रहा है। हाई एनर्जी फील्ड के कारण।

ध्रुव हाथ से आइना पोंछने जैसी हरकत करता है।

महेश

यह क्या कर रहे हो?

ध्रुव

अपनी सूरत थोड़ी धुँधली दिख रही है। आइना पोंछने की कोशिश कर रहा हूँ। यह क्या यहाँ तो कोई आइना नहीं है। यह भी तुम्हारा कोई आविष्कार है क्या! बिना आइने के मुझे आइने में अपनी सूरत दिखाई पड़ रही है।

महेश

(गौर से ध्रुव को देखता है।) हे भगवान! (जोर से) हे भगवान!

ध्रुव

ऐसे मत चिल्लाओ, डर लगता है। तुम जिस मुँह से बोल रहे हो न मुझे लगता है कि वह मुँह मेरा है।

महेश

(पागलों की तरह हँसता है। खोज कर एक छोटा आइना ले कर उसमें अपना चेहरा देता है और और जोर से हँसता है।) तुम्हें एक राज की बात बताऊँ, तुम जो कपड़े पहने हुए हो न वे मेरे हैं।

ध्रुव

क्या ब क वा स...(अपने कपड़े देखता है) ध्रुव ये क्या हो रहा है यार। मैं यहाँ भी हूँ और वहाँ भी। ये कैसे हो सकता है?

महेश हाथ का आइना ध्रुव को देता है। ध्रुव उसमें अपना चेहरा देखता है।

ध्रुव

हे भगवान मैं आइने में तेरा चेहरा क्यों देख रहा हूँ?

महेश

क्यों कि...क्यों कि...क्यों कि...

ध्रुव

अबे आगे तो बढ़ो। क्यों कि क्यों कि क्यों कि क्या?

महेश

क्यों कि...

ध्रुव

क्यों कि क्या?

महेश

क्यों कि आइने में तू मेरा चेहरा देख रहा है।

ध्रुव

यानी कि...यानी कि...मेरा चेहरा आइने में तेरा दिखाई दे रहा है। (रुआँसा होता है) मतलब क्या है यार तेरा।

महेश

तेरे हाथ में जो घड़ी है न वो मेरी है।

ध्रुव

मुझे मालूम हो गया कि ये कपड़े तेरे हैं, यह घड़ी तेरी है। यानी कि...यानी कि...

महेश

यानी कि...हमारे शरीर बदल गये हैं।

ध्रुव

यानी कि...यानी कि...तू मेरे शरीर में घुस गया है और मैं तेरे?

महेश

हाँ।

ध्रुव

यह कैसे हो गया यार?

महेश

रामप्रसाद मेरे सिर पर बैठा था। उस समय मेरी आत्मा रामप्रसाद के पास थी।

ध्रुव

यह क्या बकवास है। आदमियों की भाषा में बात करो।

महेश ध्रुव को घूरता है।

जब तुम मुझे इस तरह घूरते हो तो मुझे लगता है कि मैं अपने को घूर रहा हूँ जबकि मैंने कभी भी अपने को नहीं घूरा है। बहुत कनफ्यूजन है। तुम कह रहे थे जब यह साला, अज्ञात माँ-बाप का पुत्र हरामी रामप्रसाद, तुम्हारे सिर पर सवार था तो उसने तुम्हारी आत्मा को अपनी कब्जे में ले लिया था।

महेश

जब तुमने रामप्रसाद को मेरे सिर से उतारा तो उस समय मेरी आत्मा रामप्रसाद के अंदर थी। उसके बाद जब तुमने रामप्रसाद को अपने सिर पर रखा तो तुम्हारी आत्मा भी रामप्रसाद के अंदर चली गयी क्यों कि स्विच ऑन था। कंप्यूटर कनफ्यूज हो गया होगा। झटके में रामप्रसाद गिर गया होगा। शुक्र करो कि किसी तरह दूसरा स्विच ऑन हो गया होगा। नहीं तो हम

दोनों के निर्जीव शरीर यहाँ पड़े होते और आत्माएँ रामप्रसाद के कब्जे में।

ध्रुव

बाप रे! फिर हमारे शरीर कैसे बदल गये?

महेश

जब दूसरा स्विच ऑन हुआ होगा तो आत्माएँ छूट कर गलत पते पर चली गयी होंगी। रामप्रसाद दो आत्माओं को एक साथ हैण्डल नहीं कर सकता है।

ध्रुव

यानी कि...यानी कि...(हाथों को मलता है और हताशा भरे इशारे करता है।)

महेश

चिंता मत करो। सब अभी ठीक हो जाता है। रामप्रसाद यहीं कहीं गिरा होगा।

ध्रुव

उसको तो काई ले गया।

महेश

कोई ले गया माने!

ध्रुव

कोई आदमी आया था, उस समय मुझे होश आ ही रहा था। उसने टोपी यानी रामप्रसाद को उठाया अपने झोले में डाला और चलता बना।

महेश

भगवान यह क्या हो गया? यह वही चोर होगा। चंद्रा बोल रही थी कि आज दिन में किसी चोर ने रामप्रसासद को चुराने की काशिश की थी।

ध्रुव

अब क्या होगा? ध्रुव जल्दी से एक और रामप्रसाद को पैदा करो।

महेश

इतना आसान है क्या! रामप्रसाद बरसों की तपस्या का फल था।

ध्रुव

(एकदम नर्वस हो जाता है) तब तक मुझे क्या इसी शरीर में रहना पड़ेगा!

महेश

एक ही उपाय है, किसी तरह उस चोर को पकड़ा जाय। भगवान से प्रार्थना करो कि वह चोर जल्दी मिल जाय और उसने रामप्रसाद के साथ कोई छेड़खानी न की हो।

ध्रुव

प्रार्थना...हाँ हाँ प्रार्थना...

भक्त पर दया कर भगवान

जै जै शिवशंकर। जै जै माता दी।

चोर भेज दे जै माता दी।

मेरा चेहरा देदे जै माता दी

चोर भेज दे जै माता दी।

मेरी डूबती नैया को पार लगाने वाला कौन, भोलानाथ रे...

महेश

महेश, महेश! जरा हिम्मत से काम ले।

ध्रुव

अबे क्या हिम्मत से काम लूँ? आया था मैं अपने बिछड़े दोस्त से मिलने और कैद हो गया इस घिनौने शरीर में!

महेश

जबान संभाल के बात करो। तुम्हारे पास जो है वह एक स्वस्थ शरीर है। घिनौना है तो यह शरीर जो मेरे पास है। कितनी बास आ रही है। नहाता नहीं है क्या?

ध्रुव

सुबह ही तो नहाया था।

महेश

नहाने के बाद यह हाल है। जैसा शरीर वैसी बुद्धि। मैं तुमको सब बता तो रहा था फिर जल्दी क्या थी रामप्रसाद को मेरे सिर से उतारने की। साला बुद्धिहीन बकरा।

ध्रुव

अब साले गाली देना बंद कर और कोई उपाय सोच। बड़ा वैज्ञानिक बना फिरता है। कुछ करता क्यों नहीं?

महेश

रात के 10 बजे रहे हैं, अभी क्या करूँ। सुबह होते ही चोर खोजने का प्रबंध करूँगा।

ध्रुव अपने हाथ में चिकोटी काटता है।

अबे यह क्या कर रहा है?

ध्रुव

हाथ में चिकोटी काट रहा हूँ। जानना चाहता हूँ कि कहीं सपना तो नहीं देख रहा!

महेश

यह कोई सपना नहीं, सच्चाई है। और खबदार जो तूने हाथ में चिकोटी काटी तो। वह तेरा शरीर नहीं है, समझे?

ध्रुव

(रोनी सूरत बना कर) मैं घर जाऊँगा...

महेश

कहा न कि आज अब कुछ नहीं हो सकता। कल कुछ न कुछ रास्ता निकल ही आयेगा। तुम ऐसा करो, तुम यहीं प्रयोगशाला में रात बिताओ। देखो आज यहाँ क्या हुआ है किसी को बताना नहीं। कोई विश्वास नही करेगा। बेकार में परेशानी बढ़ेगी।

ध्रुव

और तुम?

महेश

मैं और कहाँ जाऊँगा। तुम्हारे घर। किस्मत से तुम अकेले ही रहते हो, मुझे कोई परेशानी नहीं होगी। अपना पता दो।

ध्रुव

(पता लिख कर देता है।) मोड़ पर ही पेट्रोल पंप है उसके बाद चौथा मकान। बाहर मेरा स्कूटर है उसे ले जाना। संभल कर चलाना, मेरे शरीर को चोट नहीं पहुँचनी चाहिए।

महेश उसे घूर कर देखता है और फिर निकल जाता है। मल्लिका चंद्रा के साथ अंदर से आती है।

मल्लिका

(अंदर की ओर देख कर) ओय होय जनार्दन जॉनी अब हम रुखसत होते हैं। शब्बखैर। ओके चंद्रा बाइ।

चंद्रा

बाइ बाइ। (अंदर जाती है।)

मल्लिका ध्रुव के पास जा कर बाइ ध्रुव कह कर यह जा वह जा। चंद्रा अंदर से आती है।

ध्रुव

बाप रे हर कदम पर झटका। हे प्रभो आनंददाता मुझ पर दया कीजिये, शीघ्र सारे दुर्जनों को दूर मुझसे कीजिये। (सोने का उपक्रम करता है।)

चंद्रा का प्रवेश।

चंद्रा

ध्रुव! (ध्रुव उछल कर बैठता है) तुम्हारा दोस्त महेश गया क्या?

ध्रुव

(गले से विचित्र आवाज) हां...। हाँ चला गया।

चंद्रा

अरे मैं तो खाने पर इंतजार कर रही थी। तुमने रोका नहीं उसको?

ध्रुव

(गले से विचित्र आवाज) हां...। नहीं उसे जाना था, वह चला गया।

चंद्रा

तो चलो तुम खालो।

ध्रुव

भूख नहीं है, नहीं खाऊँगा।

चंद्रा
तुम यहीं सो रहे हो?

ध्रुव
नहीं तो...नहीं तो...

चंद्रा
चलो फिर सोने।

ध्रुव
(गले से विचित्र आवाज) अ ब ब अभी थोड़ा काम है।

चंद्रा
आज बहुत काम कर रहे हो!

ध्रुव
आँ हाँ हाँ काम बहुत है।

चंद्रा
काफी बना दूँ।

ध्रुव
ऐं...

चंद्रा
काफी बना दूँ?

ध्रुव
नहीं...म मैं काफी नहीं पीता।

चंद्रा
कॉ...फी नहीं पीते! क्या कह रहे हो?

ध्रुव

मतलब मैंने कॉफी पीनी छोड़ दी है। मतलब अभी अभी छोड़ी है। आप जाइये और जा कर सो जाइये।

चंद्रा

आ...प!

फोन की घंटी बजती है।

हलो कौन? (फोन काट देती है।) कोई सिरफिरा था। मैंने पूछा कौन तो बोलता है कि मैं ध्रुव बोल रहा हूँ।

ध्रुव

तो आपने...तुमने फोन काट दिया!

चंद्रा

तो और क्या करती?

ध्रुव

हाँ हाँ बहुत अच्छा किया। ऐसा ही करना चाहिए।

फोन की घंटी बजती है।

चंद्रा

(फोन उठाती है) हलो कौन? किससे बात करनी है आपको। (फोन काट देती है।)

ध्रुव

फिर काट दिया? माने अभी कौन था?

चंद्रा

वही सिरफिरा था। इस बार उसने अपना नाम महेश बताया। मैंने पूछा किससे बात करनी है तो कह रहा है महेश से।

ध्रुव

आप जा कर सो जाइये। मेरे कहने का मतलब है तुम जा कर सो जाओ। कोई सिरफिरा होगा जो ऐसे फोन कर रहा है।

चंद्रा जाने लगती है। फोन की घंटी बजती है। ध्रुव दौड़ कर फोन उठाता है। चंद्रा रुक कर देखती है।

(फोन में) मैं ध्रुव बोल रहा हूँ। वही वाला...समझ गये न! हाँ तो बताओ क्या बात है? घर की चाभी? पैंट की बायीं वाली हिप पाकेट में है। हाथ डाल कर देखो। मिली? हाँ ठीक है। खुल जायेगा भाई खुल जायेगा। (अचानक पाता है कि चंद्रा उसको देख रही है) हेह हेह हेह हेह ऐसे लोगों से ऐसे ही बात की जाती है। आप चिंता न करें। जा कर सो जाइये।

चंद्रा अचंभित खड़ी रहती है। फेडआउट।

10 मिनटों का अंतराल।

दृश्य चार

समय अगले दिन सुबह

ध्रुव (महेश) बहुत बेचैन है। चिढ़ा हुआ भी है। बैठक और प्रयोगशाला में चहलकदमी कर रहा है। कभी कुर्सी पर लात मार रहा है तो कभी कोई चीज उठा कर फैंक रहा है।

जुल्फ़ी का प्रवेश।

ध्रुव

भेलपुरी, ओ भेलपुरी! अबे ओ कुल्फी!

जुल्फ़ी
ध्रुव बाबू, आप मुझे बुला रहे हैं?

ध्रुव
अरे! तुम्हें नहीं बुला रहा हूँ तो और किसे बुला रहा हूँ! तुम्हारे सिवा यहाँ कौन है इतने विचित्र नाम वाला?

जुल्फ़ी
(दुखी हो कर) अब आप भी मेरा नाम बिगाड़ने लगे!

ध्रुव
नाम तो है कुल्फी भेलपुरी! ऐसे विचित्र नाम का बनना क्या, बिगड़ना क्या?

जुल्फ़ी सिर झुका लेता है, बोलता कुछ नहीं।

तेरे पास सिगरेट है?

जुल्फ़ी
कोई प्रयोग करेंगे क्या?

ध्रुव
नहीं। कोई प्रयोग-वयोग नहीं। मुझे सिगरेट पीनी है। पीने की टाप लगी है समझे।

जुल्फ़ी
आपने सिगरेट पीनी कब से शुरू कर दी?

ध्रुव
(अपने आप से) अजीब घर है यह। इसमें रहनेवाले तो बस... (जुल्फ़ी से) अब मुझे तुम्हें भी कैफियत देनी पड़ेगी?

जुल्फ़ी

नहीं ध्रुव बाबू, मुझे कैफियत देने की कोई जरूरत नहीं है। मैं हूँ ही कौन? मेरा अस्तित्व ही क्या है इस घर में?

ध्रुव

अबे ये लंबे लंबे डायलॉग मत छोड़ो। सिगरेट है तो बोलो।

जुल्फ़ी

मैं चंद्रा बीबीजी से माँग कर लाता हूँ। शायद उनके पास रखी हो आपकी सिगरेट।

ध्रुव

हैं! नहीं नहीं चंद्रा बीबीजी के पास जाने की कोई जरूरत नहीं है।

जुल्फ़ी

आपकी सिगरेट?

ध्रुव

ठीक है ठीक है। नहीं है तो छोड़ दो।

प्रयोगशाला में जाता है। गुस्से में उठापटक करता है। अपनी जेबों में हाथ डालता है, वहाँ उसे कुछ भी नहीं मिलता है।

कुछ तो पैसे पाकेट में रखे होते! साला नंगा कहीं का।

जुल्फ़ी

कौन बाबू जी?

ध्रुव

ध्रुव और कौन!

जुल्फ़ी

ध्रुव बाबू आप अपने को नंगा कह रहे हैं!

ध्रुव

अ..आ...मैं अपने को कुछ भी कहूँ, तुम्हें क्या?

ध्रुव

ए कुल्फ़ी, इधर सुन। तेरे पास 500 रुपये होंगे?

जुल्फ़ी

अभी तो नहीं हैं। चंद्रा बीबीजी से माँग कर ला दूँ।

ध्रुव

ठीक है जा मॉग कर ले आ। (जुल्फ़ी जाने लगता है तो उसे पीछे से खींच कर) अपने लिए माँगना।

जुल्फ़ी उसे देखते हुए अंदर जाता है।

पता नहीं ध्रुव कहाँ मर गया। हे भगवान मैं किस जंजाल में फँस गया। (फोन की घंटी बजती है।) कहीं ध्रुव न हो। (जल्दी से फोन उठाता है।) हलो...हलो। (स्वगत) ये तो कोई और ही है। (फोन में) हाँ हाँ सुन लिया है। आपका नाम गिरजा बाबू है, तो? आप अपने माँ-बाप को पकड़िए जिन्होंने आपका ऐसा बेतुका नाम रखा है। अरे ओ भाई तुम गिरजा हो या मरजा, क्यों मेरा दिमाग चाट रहे हो सुबह सुबह।

(फोन रख देता है) अजीब पागलों का घर है। यह कुल्फी कहाँ मर गया। कही बैठ को अपने को ही चाट रहा होगा।

जुल्फ़ी अंदर से आता है और धुव को 500 रुपये पकड़ाता है।

ध्रुव

अभी मैं बाहर जा रहा हूँ। थोड़ी देर में आ जाऊँगा। (स्वगत। अपना शरीर देख कर) जब तक इसमें हूँ, भाग तो सकता नहीं।

जुल्फ़ी

सिगरेट पीने जा रहे हैं।

ध्रुव

हाँ मैं सिगरेट पीने जा रहा हूँ।

जुल्फ़ी

बीबी जी तो नास्ते के लिये बुला रही हैं।

ध्रुव

(अंदर जाने लगता है फिर ठिठक कर रुक जाता है।) नहीं मेरा नास्ता यहीं ले आ।

जुल्फ़ी

नास्ता तो अंदर टेबल पर लगा हुआ है।

ध्रुव

मेरा नास्ता यहीं ले आ। समझा। क्या बना है नास्ते में।

जुल्फ़ी

आमलेट, लिवरफ्राई और टोस्ट।

ध्रुव

(चिढ़ कर) आमलेट, लिवरफ्राई और टोस्ट। यही बाकी रह गया था। एक वेजीटेरियन को लिवर फ्राई खिलाया जा रहा है।

जुल्फ़ी

पर ध्रुव बाबू हमारे घर में तो कोई भी शाकाहारी नहीं है।

ध्रुव

मैं हूँ।

जुल्फ़ी

पर कल तो आपने तंदूरी मुर्गा उड़ाया था।

ध्रुव

वह कल की बात थी। आज सुबह से मैं शुद्ध शाकाहारी बन गया हूँ। अब मैं बाहर जा रहा हूँ। अपना वो आमलेट और लिवर फ्राई लेकर (गंदा इशारा करता है।)

जुल्फ़ी

(मुँह में हाथ रख कर) हा!

ध्रुव

हाँ वही।

बाहर जाता है। अँधेरा।

जब प्रकाश लौटता है, जुल्फ़ी जमीन में बैठा है। कागज फैले हुए है और वह कुछ लिख रहा है।

चंद्रा का प्रवेश। बहुत परेशान है।

जुल्फ़ी

चंद्रा बीबीजी।

चंद्रा

(गुस्से से) भाग जाओ यहाँ से।

जुल्फ़ी छिटक कर दूर जाता है। साहस कर फिर आता है।

जुल्फ़ी

चंद्रा बीबीजी।

चंद्रा

क्या है? है क्या? क्यों टोक रहे हो?

जुल्फ़ी

मैंने बहुत सोचा है।

चंद्रा

क्या कहा तुमने, फिर से कहो तो।

जुल्फ़ी

मैंने बहुत सोचा है।

चंद्रा

(जुल्फ़ी को समझाते हुए) देखो जुल्फ़ी, तुम देख रहे हो न मैं बहुत परेशान हूँ। अब अगर तुम भी सोचने लग जाओगे तो मेरी परेशानी बढ़ जायेगी न।

जुल्फ़ी

मैं कल से देख रहा हूँ कि इस घर में मेरी कोई आवश्यकता ही नहीं रह गई है।

चंद्रा

कौन कहता है ऐसा।

जुल्फ़ी

मेरी कविताओं का मजाक उड़ाया जा रहा है। मेरी रचनात्मक प्रवृत्ति पर ताने कसे जा रहे हैं। और तो और कल आपने, बीबीजी कल आपने भी मुझे दुत्कार कर...मुझे दुत्कार कर...

चंद्रा

क्या?

जुल्फ़ी

मुझे दुत्कार दिया था।

चंद्रा

जुल्फ़ी तुम अपनी यह नौटंकी बंद करो। मैं बहुत परेशान हूँ।

जुल्फ़ी

कल से तो अपमान की पराकाष्ठा ही हो रही है। मेरे कानों ने जो सुना, मैंने सोचा भी न था कि ऐसा सुनना पड़ेगा।

चंद्रा

क्या सुना तुम्हारे कानों ने?

जुल्फ़ी

ध्रुव बाबू कल से मुझे कुल्फी भेलपुरी कह कर बुला रहे हैं। यह सुनने से पहले मैं मर जाता तो अच्छा था। मरा नहीं इसलिये यह लीजिए।

नाटकीय अंदाज में हाथ का कगज चंद्रा को देता है।

चंद्रा

क्या है यह!

जुल्फ़ी

पढ़ लीजिए।

चंद्रा

(पढ़ती है)

बहुत बेआबरू होकर इस घर से हम जा रहे हैं।

बहुत चाहा कि मर जायँ पर जिन्दा ही जा रहे हैं।

हमें नहीं मालूम कि अब हम कहाँ जाएँगे।

जहाँ भी जाएँगे, इस घर को न भूल पायेंगे।

जुल्फ़ी, क्या है यह...है क्या यह...मुझे बताओगे क्या है यह?

जुल्फ़ी

जी बीबी जी, यह मेरा त्यागपत्र है।

चंद्रा

त्यागपत्र?

जुल्फ़ी

अब आपही बताइये, जब ध्रुव बाबू ने जुल्फ़ी को कुल्फी बना दिया और टनकपुरी को भेलपुरी तब मैं इस घर में कैसे रह सकता हूँ!

चंद्रा

(स्वगत) चंद्रा कंट्रोल योरसेल्फ, टेक अ चिल पिल! शांत...शांत! (प्रकट) देखो जुल्फ़ी, ध्रुव को भूख लगी होगी तभी उसे कुल्फी भेलपुरी की याद आ रही होगी।

जुल्फ़ी

जो भी हो बीबीजी, मैंने तो फैसला कर लिया है।

सह लेंगे दुख हम अपने पेट के

चले जायेंगे बस समान समेट के

बस में खड़े-खड़े या ट्रेन में लेट-लेट के।

चंद्रा

जब तुमने फैसला कर ही लिया है तो ठीक है। अब तुम मेरा भी फैसला सुन लो। तुमने इस घर से बाहर पाँव भी रखा तो मैं तुम्हारी टाँग तोड़ दूँगी। समझे। फिर तुम आराम से चले

जाना ट्रेन में लेट लेट के। और सुनो, तुम फिर ऐसा सड़ा हुआ त्यागपत्र लेकर मेरे पास आये न तो मैं...तुमने वह बडा़ वाला ड्रम देखा है न?

जुल्फ़ी

जी बीबीजी।

चंद्रा

मैं तुमको उस ड्रम में ठूँस कर ऊपर से बर्फ डाल दूँगी।

जुल्फ़ी

बर्फ? बर्फ किसलिए?

चंद्रा

तुम्हारी कुल्फी जमाने के लिये।

जुल्फ़ी

नहीं नहीं आप ऐसा नहीं कर सकती हैं।

चंद्रा

तुम जरा बाहर जा कर तो देखो। तुम जहाँ भी जाओगे, तुमको पकड़ कर लाऊँगी। टाँग तोड़ूँगी। ड्रम में ठूसूँगी। ऊपर से बर्फ डालूँगी।

गुस्से में बड़बड़ाती है पकड़ कर लाऊँगी टाँग तोड़ूँगी...
ड्रम में ठूसूँगी...बर्फ डालूँगी...

जा कर सोफे में बैठती है।

जुल्फ़ी

नहीं नहीं चंद्रा बीबी जी आप शांत हो जाइये। आप हिंसा पर मत उतरिये। मैं नहीं जाऊँगा। मैं नहीं जाऊँगा।

फैले कागज उठा कर चुपके से खिसक जाता है।

जनार्दन का प्रवेश।

जनार्दन

(स्वगत) न कभी सुना न देखा। न दृष्टपूर्वा न श्रूयते।...हलो चंद्रा बहुत परेशान दिख रही हो।

चंद्रा

परेशान हूँ तो परेशान ही दिखूँगी न। आज का दिन मेरे लिए बहुत खराब है। तुम मुझे प्लीज और परेशान न करो।

जनार्दन

ये लो, तुमको हलो बोलना भी तुमको परेशान करना हो गया!

चंद्रा

ध्रुव ने वैसे ही...

जनार्दन

हाँ वही वही, मैं ध्रुव के बारे में ही बात करना चाहता हूँ। मुझे नहीं मालूम उसे क्या हो गया है?

चंद्रा

माने?

जनार्दन

माने यह कि वह आज सुबह मेरे कमरे में आया और मुझसे पूछता है कि बाथरूम कहाँ है!

चंद्रा

इसमें कौन सी बड़ी बात हो गई? सुबह बहुत नींद में रहता वह। याद है तुम एक बार किचन का रास्ता भूल गये थे।

जनार्दन

अ ब ब...। यार तुम हर बार मुझे क्यों खींच लेती हो। तुमको फोबिया हो गया है। जनार्दन फोबिया। मैं ध्रुव की बात कर रहा हूँ ध्रुव की।

चंद्रा कोई उत्तर नहीं देती है।

माने अब अपने घर के बाथरूम का रास्ता भी कोई भूलता है! यानी अपने घर में जिसमें वह बरसों से रह रहा है, अपने घर में जिसके चप्पे चप्पे से वह वाकिफ है, बाथरूम का पता पूछ रहा है! इसमें तुमको कोई बड़ी बात नहीं लगती?

चंद्रा कोई उत्तर नहीं देती है।

बाथरूम का पता पूछा तो पूछा। लेकिन जब वह बाथरूम से बाहर आया तो मैंने उसे आवाज दी, ध्रुव, तो मालूम उसने क्या किया? वह चौंक कर तीन फिट ऊपर उछला जैसे बाथरूम में कोई लाश छिपा कर आया हो। अब कहो इसमें बड़ी बात है कि नहीं?

चंद्रा

यह तो बहुत बड़ी बात है जनार्दन। मुझे जिसका डर था वही हो रहा है।

जनार्दन

मान गई न कि यह एक बहुत बड़ी बात है जिसकी तह तक पहुँचना बहुत जरूरी है!

चंद्रा

अभी तक तुम दो पेग तो पी चुके होगे?

जनार्दन

दो पेग की क्या बात करती हो, यह मेरा चौथा...नहीं पाँचवाँ... नहीं चौथा पेग है।

चंद्रा

बहुत खूब! जा कर बाथरूम में देख आओ, वहाँ लाश है कि नहीं। अगर लाश नहीं दिखाई पड़ती तो दो चार पेग और पी लो, लाश भी दिखाई पड़ने लगेगी। और भी बहुत कुछ होगा। बदन में चींटियाँ दिखाई पड़ेंगी।

जनार्दन

(थोड़ा विचलित होता है।) चंद्रा, इस प्रकार की बातें मत करो। तुमको भी पता नहीं क्या क्या सूझता है! अब ये चींटियाँ कहाँ से आ गईं?

चंद्रा

देखो जनार्दन, तुम्हारे दिमाग का विघटन आरंभ हो गया है। अब तो तुमको छायाएँ दिखाई पड़ेंगी।

जनार्दन

(चंद्रा की बातों से घबड़ा जाता है।) ऐसा मत कहो।

चंद्रा

क्यों न कहूँ? वैसे भी मेरे कहने न कहने से कोई फर्क पड़नेवाला नहीं है। (स्वगत) मेरा एक ही तो भाई है। अब वह बॉर्डरलाइन केश बन गया है। (प्रकट) भ्रम की बीमारी तुम को लग ही चुकी है। अब तो तुमको सबकुछ तैरता हुआ नजर आयेगा।

जनार्दन

ये सब न, तुम्हारे ख्याली पुलाव हैं। यह सब सुनना मुझे अच्छा नहीं लगता इसलिए तुम डरा रही हो।

चंद्रा

मैं तुमको डरा नहीं रही हूँ। तुमको बता रही हूँ। जैसा अनुपमा ने कहा था वैसा ही सब तो हो रहा है। वह आ रही है तुमसे मिलने। पहुँचती ही होगी थोड़ी देर में।

जनार्दन

कौन अनुपमा?

चंद्रा

कल बताया तो था, भूल गये क्या? बता रही थी कि भ्रम की बीमारी लोगों को ऐसे ही तो पकड़ती है। पहले भूलना, फिर चींटियाँ फिर...

जनार्दन

ठीक ठीक है। याद है मुझे। पर मैं क्यों मिलूँ उससे?

चंद्रा

तो तुम नहीं मिलोगे उससे!

जनार्दन

हरगिज नहीं।

चंद्रा

तो ठीक है कान खोल कर सुन लो, तुम अनुपमा से नहीं मिले या तुमने कोई तमाशा खड़ा किया तो मुझसे बुरा कोई होगा!

जुल्फ़ी का प्रवेश। एक ओर खड़े हो कर देखता है।

जनार्दन

कर क्या लोगी तुम?

चंद्रा

(पैर पटक कर) पहले इस पेपरवेट से तुम्हारा सिर फोड़ूँगी, फिर आगे की सोचूँगी।

जनार्दन

अहिंसा परमो धर्मः

चंद्रा

हुँह...

जाती है।

जनार्दन

बाप रे...

जुल्फ़ी

चंद्रा बीबीजी को आज क्या हो गया है। बहुत हिंसात्मक हो गई हैं। थोड़ी देर पहले उन्होंने मेरी टाँग तोड़ने की धमकी दी थी और अब आपका सिर!

जनार्दन

वह ऐसा कर सकती है। मैं उसे बचपन से जानता हूँ। लड़ाई में मैं उससे कभी जीत नहीं पाया।

जुल्फ़ी

मैं अपनी टाँग बचा लूँगा। दौड़ कर भाग जाऊँगा। आप अपना सिर कैसे बचायेंगे? यह तो भाग भी नहीं सकता।

दरवाजे पर घंटी बजती है। जुल्फ़ी दरवाजा खोलता है। अनुपमा का प्रवेश।

अनुपमा

(जुल्फ़ी से) मुझे चंद्रा से मिलना है।

जुल्फ़ी

(स्वगत) अभी? हेलमेट भी नहीं पहनीं हैं।

अनुपमा

मेरा नाम अनुपमा है।

जनार्दन चुपके से खिसक लेता है।

जुल्फ़ी

आप बैठिए मैं बुलाता हूँ।

चंद्रा

(अंदर से आती है।) आ गई तू? जनार्दन से मिलने के बाद रुकना। तेरे रिश्ते की बात करनी है।

अनुपमा

अब मेरे लिए शराबी ही रह गये! मैं शराबियों की काउन्सिलिंग करती हूँ। उनसे शादी नहीं करती फिरती।

चंद्रा

अरे सुन तो, मैं जनार्दन की बात नहीं कर रही हूँ। उसका पहला और अंतिम प्यार है स्कॉच की बोतल। तेरा एक सच्चा आशिक खोज निकाला है मैंने।

अनुपमा

कौन है वह अभागा?

चंद्रा

मैं जनार्दन को भेजती हूँ। उससे मिल लो फिर बाताती हूँ। (आवाज देती है) जनार्दन।

जनार्दन आता है।

जनार्दन इनसे मिलो। मिस अनुपमा शर्मा।

जनार्दन

(चंद्रा के कान में) फफोला।

चंद्रा

अनुपमा, मेरा भाई जनार्दन।

जनार्दन

मिस अनुपमा शर्मा? हा हा पर आप एकदम शर्मीली नहीं लग रही हैं।

(अनुपमा उसको घूरती है) हा हा हा बैड जोक! खुशी हुई आपसे मिल कर अनुपमा जी।

अनुपमा

मुझे तो तब खुशी होगी जब मुझसे मिलने के बाद भी आपकी खुशी खुशी ही रहेगी।

जनार्दन

क्या बात करती हैं आप भी। आप चंद्रा की दोस्त हैं। इस नाते आप हुईं हमारी खासमखास मेहमान। चंद्रा, तुमने इनको सूखे बिठा रखा है, खातिरदारी करो भई।

चंद्रा

तुमसे मिलने आयी है, तुम्हीं खातिरदारी करो न।

जनार्दन

बताइए क्या लाऊँ आपके लिये। ह्विस्की, ब्रांडी, रम, वाइन?

चंद्रा

जनार्दन!

अनुपमा

आप सभी मिलनेवाली महिलाओं को यही ऑफर करते हैं?

जनार्दन

नहीं सभी को क्यों करूँगा। पर आप तो मैंने कहा न कि बहुत ही खास हैं और बड़ी आउटडोर टाइप भी लग रही हैं।

चंद्रा

जनार्दन, अनुपमा शसुस ही सदस्या हैं।

जनार्दन

शसुस?

अनुपमा

हाँ शसुस। शराबी सुधारक समिति।

चंद्रा

अच्छा तुम लोग बातें करो। मैं थोड़ी देर में आती हूँ।

जनार्दन

तो आप शसुस ही सदस्या हैं। शसुस, शसुस ही सदस्या, हा हा हा नाम अच्छा टंग ट्विस्टर है। अच्छे भले आदमी की जबान लड़खड़ा जाय। क्या कहती हैं आप?

अनुपमा चुप रहती है।

बड़ा अच्छा फील्ड चुना है आपने। हमारे समाज में बहुत से शराबी हैं जिन्हें शसुस प्रकार की संस्थाओं की जरूरत पड़ती है। मेरा इशारा उन लोगों की ओर था जो ज्यादातर ठर्रा पीते हैं। आप समझ रही है न।

अनुपमा चुप रहती है।

जो लोग ठर्रा पीते हैं और पीने के बाद मारपीट करते हैं, माने जिनको शराब हजम नहीं होती उनके कारण शराब बहुत बदनाम हो गई है। चंद्रा को गलतफहमी है कि मैं शराबी हूँ, इसीलिए आपको बुला भेजा है। सच कहूँ तो मैंने घर में शांति बनाये रखने के लये आपसे मिलने के लिये हाँ कर दी। नहीं तो आपको मालूम हो ही गया होगा कि इलाज की जरूरत तो चंद्रा को है। (अनुपमा के नजदीक खिसक कर, मंत्रणा वाली आवाज में) मेरी राय है कि आप चंद्रा से बात कीजिए, उसे समझाइए, उसके दिमाग का इलाज कीजिए।

अनुपमा चुप रहती है।

आप चुप क्यों हैं। और मुझे इस तरह क्यों देख रही हैं? हा हा हा देखिए यहाँ वेकेंसी नहीं है। हा हा हा।

अनुपमा

मैं आपको सुन रही थी। हमें सिखाया गया है कि मरीज को बोलने दो, टोको मत। इससे मरीज के बारे में जानने में मदद मिलती है।

जनार्दन

पर यहाँ मरीज है कौन?

अनुपमा

मरीज का नाम? नाम?

जनार्दन

जनार्दन।

अनुपमा

उम्र?

जनार्दन

एकदम सही है।

अनुपमा

बयालीस?

जनार्दन

(जल्दी से बोलता है) बत्तीस।

अनुपमा जनार्दन का परीक्षण करती है। उसे खड़ा करती है, बैठाती है और उसके रिफ्लेक्स चेक करती है। एक जगह उसको पाँव आगे करने को कहती है। जनार्दन पाँव आगे करता है तो कहती है कि कुत्ते की तरह न करके आदमियों की तरह पाँव आगे करे।

अनुपमा

आपको मालुम था न कि मैं आ रही हूँ।

जनार्दन

हाँ मालूम तो था।

अनुपमा

तभी आपने काफी तैयारी कर रखी है। बार बार शसुस की सदस्या कह कर यह जताना चाह रहे हैं कि आपकी जबान नहीं लड़खड़ाती है।

जनार्दन

हेह हेह हेह यह तो ठीक पकड़ा आपने। मैं और भी नमूने दे सकता हूँ जिससे आपको विश्वास हो जायेगा कि मेरी जबान नहीं लड़खड़ाती है।

अनुपमा

नहीं उसकी जरूरत नहीं है। मुझे आपके कहे पर विश्वास है।

जनार्दन

गुड। वेरी गुड। आप चंद्रा को अवश्य बता दीजिएगा।

अनुपमा

(जनार्दन की ओर देख कर) मैंने ऐसे शराबी देखे हैं जो सीधे खड़े नहीं हो सकते पर गीता के श्लोक ऐसे पढ़ते हैं जैसे संस्कृत पाठशाला से अभी पास किये हों।

जनार्दन

देखिए आपकी धारणा, आपका असंपशन जो है न, वो गलत है।

अनुपमा

हो सकता है, पर मेरा अनुभव है कि एक गदहा भी शराब पी कर अपने को धोड़ा समझने लगता है

जनार्दन

हाँय!

अनुपमा जनार्दन की ओर देखती रहती है।

देखिए मोहतरमा, यहाँ कोई शराबी नहीं है। स्कॉच ह्विस्की पीने से कोई शराबी नहीं हो जाता है। अरे आपको तो मालूम होगा ही कि शराब एक पवित्र चीज है। इसको संस्कृत में सोम रस

कहते हैं। वेदों में कहा गया है कि सोमरस का पान मुक्ति का मार्ग है। तस्मै सोमरसाय पिवेम।

अनुपमा

ना, तस्मै सोमरसाय पिवेम नहीं तस्मै सोमाय हविषा विधेम।

जनार्दन

हाँय!

अनुपमा

सोमरस शराब नहीं है।

जनार्दन

शराब सोमरस है।

अनुपमा

सोमरस प्राणदायिनी जड़ी है जिसकी स्तुति में ऋग्वेद में तिरसठ श्लोक हैं।

जनार्दन

(स्वगत) बड़ी तोप चीज है, चंद्रा की सहेली जो है।

अनुपमा

अगर मुक्ति का मतलब मृत्यु समझते हैं और आप मुक्ति का मार्ग खोज रहे हैं तो सही रास्ते में हैं। इस जीवन से आपको शीघ्र ही मुक्ति मिल जायेगी। आप लगे रहिए। मैं आपके हावभाव, आपके बोलने आदि का अध्ययन कर रही थी। साफ लग रहा है कि आपके बदन में कीड़े पड़ चुके हैं। बस समझ लीजिये इमारत खिसकने ही वाली है। सबसे पहले खिसकेगा आपका दिमाग।

जनार्दन

अनुपमा जी आप अपने इस सुंदर मुँह से इतनी गंदी बात कैसे कर लेती हैं!

अनुपमा

देखिए न मेरा काम ही ऐसा है। मुझे भी बहुत खराब लगता है पर क्या करूँ सच्चाई तो कहनी पड़ती है। वैसे यह हमारे ऊपर है कि हम यह जीवन कैसे जीयें। कुछ लोग मानते हैं जितना जीओ मौज से जीओ।

जनार्दन

हाँ यही। यही। मेरा भी यही दृष्टिकोंण है।

अनुपमा

तब तो बहुत अच्छा है। आप एकदम चिंता न करें। कमसेकम एक साल तो आप आराम से निकाल सकते हैं। यह रहा मेरा कार्ड। कभी जरूरत पड़े तो बेझिझक मुझे फोन कर लीजिएगा। अभी मैं चलती हूँ, पहले चंद्रा से मिल लूँ।

अनुपमा अंदर जाती है। जनार्दन मुँह बाये उसको को देखते रहता है।

जनार्दन

इसके लिए महेश फफोला फफोला हो रहा है।

ध्रुव आता है और सीधे प्रयोगशाला में चला जाता है। डू नॉट डिस्टर्व का बोर्ड लगा कर वहाँ बैठ जाता है। अनुपमा अंदर से आती है और जनार्दन को देखते हुए बाहर चली जाती है। चंद्रा उसको छोड़ने दरवाजे तक आती है। जनार्दन भी धीरे धीरे अंदर चला जाता है। दरवाजे पर घंटी। जुल्फ़ी दरवाजा खोलता है। गिरिजा बाबू का प्रवेश। गिरिजा बाबू के एक हाथ के अँगूठे में पट्टी बँधी है।

ज़ुल्फ़ी

आइये गिरिजा बाबू। बैठिये।

गिरिजा

हम बैठने के लिए नहीं आये हैं। कहाँ हैं ध्रुव बाबू?

ज़ुल्फ़ी

अभी बुलाता हूँ। (प्रयोगशाला में जा कर) ध्रुव बाबू, गिरिजा बाबू आये हैं आपसे मिलने।

ध्रुव

मुझे नहीं मिलना है किसी से। कह दो कि मैं व्यस्त हूँ।

गिरिजा

(सुन लेता है, और प्रयोगशला में ही चला जाता है) हाँ हाँ आप अब हमसे क्यों मिलने लगे! हमारा तो नाम भी अब आपको पसंद नहीं आता है। क्या कहा था आपने फोन में कि हमारा नाम ही बड़ा बेतुका है। इतनी बेइज्जती के बाद कोई और होता तो आपके दरवाजे पर थूकने तक नहीं आता।

ध्रुव

एक मिनट (सस्वर सोचता है) कोई और होता तो यानी कोई और नहीं है इसलिये खुद आया है, थूकने! (प्रकट) तो आप अपना घर छोड़ कर यहाँ थूकने आये हैं, पर क्यों?

गिरिजा

(ध्रुव के बहुत पास आ कर) ध्रुव बाबू हम इसलिए आये कि हमको पुरानी मुहब्बत खींच लाई।

ध्रुव

(स्वगत) हे भगवान! कैसे कैसे जानवर पाल रखे हैं इस ध्रुव ने! (प्रकट) ठीक है पर मुझसे थोड़ी दूर ही रहिये। आज मूड नहीं है।

गिरिजा

आपका मूड नहीं है तो मैं क्या करूँ! अब तो लगता है कि आप मेरी जान लेने में तुले हैं। यह देखिये मेरा घायल अँगूठा!

ध्रुव

इसका मैं क्या करूँ? माने कैसे हुआ यह?

गिरिजा

आप पिछली बार हमको वह मशीन दिये थे न चूहा पकड़ने वाली, माइक्रोप्रोसेसर बेस्ड माउसट्रैप, उसमें चूहा तो फँसा नहीं और फँस गया हमारा यह अँगूठा। आप अपने आविष्कारों का हम पर परीक्षण करें ठीक है, पर इसके लिए क्या हम अपनी जान जोखिम में डाल दें? आपको इसका हर्जाना देना होगा।

ध्रुव

दे देंगे साहब, दे देंगे। जरा ध्रुव को आ जाने दीजिये।

गिरिजा

आप तो यहीं हैं। हमें बहकाइये नहीं। बिना हर्जाना लिये हम यहाँ से हिलनेवाले नहीं हैं।

ध्रुव

(अंडा मशीन पर दृष्टि पड़ती है) तो यह ले जाइए। (उठा कर मशीन देता है।)

गिरिजा

यह क्या है?

ध्रुव

यह अंडा मशीन है। अंडा डालो, प्लग लगाओ, अंडा तैयार हो कर अपनेआप बाहर आयेगा। पानी का कोई झमेला नहीं बिजली की बचत अलग।

गिरिजा

ध्रुव बाबू आप तो जीनियस हैं। आप क्या क्या सोच लेते हैं।

जाता है।

महेश का प्रवेश। मुँह छिपाने का प्रयास।

ध्रुव

अरे यह क्या किया तुमने! मेरी मूँछें!

महेश

नहीं रख पाया तुम्हारी मूँछों को। दाढ़ी बनाते समय एक तरफ की ज्यादा कट गई। फिर बैलैंस करते करते सब गड़बड़ हो गया। अंत में सब साफ...

ध्रुव

हाय कैसी लहलहाती मूँछें थीं। तूने तो मेरी परसनालिटी ही बदल डाली।

महेश

मूँछें ही तो हैं, फिर आ जाएँगी। वैसे भी मूँछों को सँवारने में जितना समय बरबाद करते थे न वह सब बच गया जिसको अब तुम प्रोडक्टिवली यूज कर सकते हो।

ध्रुव

बकवास मत करो। तुम अच्छे मकान में रहना ही नहीं जानते। इतना बढ़िया मेरा शरीर हाइजैक किया और पहला काम यह किया कि मूँछें ही सफाचट कर डालीं।

महेश

कह तो रहा हूँ कि आई एक सॉरी। अब जान दे दूँ क्या?

ध्रुव

हाह! जान दे देगा। यानी अपने शरीर को मार देगा। अबे वह तेरा शरीर नहीं है समझे! फिर तूने जान देने की बात कही न तो मैं यह हाथ काट दूँगा। फिर जब इस शरीर में वापस आओगे न, लूल्ले लगोगे।

महेश

महेश चुप कर यार, यहाँ जान साँसत में फँसी है, और तुम... यहाँ सब ठीक है न?

ध्रुव

खाक ठीक है। अब तक मुझ पर जो बीती है, मैं ही जानता हूँ। मुझे बाथरूम तक कहाँ है नहीं मालूम था। घर में इतने लोग हैं! मैंने अपने को इस प्रयोगशाला में बंद कर रखा है। तुम इतनी देर में आ रहे हो? कुछ किया?

महेश

मैं सुबह ही पुलिस में रिपोर्ट लिखाने गया। वहाँ बहुत गड़बड़ हुई। मैंने रामप्रसाद के चोरी हो जाने की बात की तो सब-इस्पेक्टर बहुत चकित हुआ। बोला लोग गायब हो जाते हैं, गुम हो जाते हैं, पर वह पहली बार सुन रहा है कि कोई आदमी चोरी हो गया है? वह थाने में सबको बताने लगा कि देखो भई आज तो गजब ही हो गया, आदमी चोरी हो गया। बड़ी मुश्किल से उसे समझा पाया कि रामप्रसाद आदमी नहीं है बल्कि एक प्रकार की टोपी है। अब जब टोपी का वर्णन करने लगा तो वह लिखना छोड़ कर पेन रख कर मुझे देखने लगा। उसने समझा किसी नाटक कंपनी की टोपी है, बोला भइया दो टके की टोपी के लिये 200 रुपये खर्च कर रिपोर्ट लिखवाने आये हो, यह कहाँ की बुद्धिमानी है। जब मैंने उसे बताया कि टोपी सचमुच बहुत कीमती है। उसने कहा ठीक है में लिखता हूँ, बताओ कितनी

कीमती है? मैंने कहा कि असल कीमत लगाना तो बहुत कठिन है फिर भी 15 या 20 लाख की तो होगी। वह फिर लिखना छोड़ कर पेन रख कर मुझे देखने लगा। बोला टोपी में हीरे जड़े हैं क्या? मैं क्या बोलता, चुप ही रहा। फिर उसने कहा 'आपका हुलिया देख कर तो नहीं लगता कि आपके पास 15-20 लाख की टोपी होगी।'

ध्रुव

मूँछें रहतीं तो ऐसा नहीं कहता। तो उसने तुमको वहाँ से भगा दिया होगा।

महेश

नहीं मैंने हार नहीं मानी। लगा रहा। दलीलें पेश कीं। वह मान भी गया पर अंत में एक गड़बड़ हो गई। शुरू में मैंने अपना परिचय दिया था कि मैं महेश हूँ। और महेश का ही पता भी लिखवाया था यानी तेरा। अब चोरी की रिपोर्ट लिखवाने लगा तो मैं ने अपने घर का पता दिया जहाँ चोरी हुई है।

ध्रुव

यानी तुम्हारे घर का। तुम्हारे घर का माने ध्रुव के घर का।

महेश

(महेश को घूरता है।) वही तो मैं कह रहा हूँ। तब उस सब-इंस्पेक्टर ने पूछा 'जब चोरी ध्रुव कुमार के घर पर हुई है तो तुम रिपोर्ट लिखाने क्यों आये हो?' तो मैंने कहा कि मैं ही तो ध्रुवकुमार हूँ। वहाँ पर ध्रुव और महेश की वो जलेबी बनी है, वो जलेबी बनी है कि मत पूछो। थोड़ी देर वहाँ और रहता तो सब-इंस्पेक्टर मुझे जरूर पागलखाने भिजवा देता।

ध्रुव

अब क्या करोगे?

महेश

कॉफी पीऊँगा। गला सूख रहा है। जुल्फ़ी को बुलाते हैं। (आवाज देता है) जुल्फ़ी। अरे मैं क्यों बुला रहा हूँ, मैं तो महेश हूँ। तुम बुलाओ।

ध्रुव

क्या नाम बताया?

महेश

जुल्फ़ी। जुल्फ़ टनकपुरी।

ध्रुव

ओ हो तो उसका नाम जुल्फ़ी है। आज सुबह से मैं उसे कुल्फी भेलपुरी बुला रहा हूँ। वह भी क्या सोचता होगा।

महेश

अपने नाम के प्रति बहुत सेंसिटिव है। जरूर उसने चंद्रा से शिकायत की होगी।

ध्रुव

बुलाता हूँ। (आवाज देता है) जुल्फ़ी, ओ जुल्फ़ी।

जुल्फ़ी का प्रवेश।

जुल्फ़ी

जी बाबूजी

ध्रुव

देखो मेरे लिये चाय ले आओ और ध्रुव के लिये कॉफी।

जुल्फ़ी

जी अच्छा। जी क्या कहा आपने!

ध्रुव

तुम एक कप कॉफी और एक कप चाय ले आओ।

जुल्फ़ी

जी।

ध्रुव की ओर देखते हुए जाता है। चंद्रा का प्रवेश।

चंद्रा

ध्रुव इधर आओ तो।

महेश उठ कर जाने लगता है। ध्रुव उसे खींच कर बैठाता है और स्वयं जाता है।

अंदर चलो। तुमसे बात करनी है।

ध्रुव

बात करने के लिये अंदर जाने की क्या जरूरत है। यहीं ठीक है न। नहीं तो ध...महेश क्या सोचेगा?

चंद्रा

(उसके चेहरे में कुछ खोजती है) अभी तुम किससे बात कर रहे हो?

ध्रुव

अभी मैं महेश से बात कर रहा था।

चंद्रा

महेश वहाँ बैठा है। मैं कौन हूँ जिससे तुम अभी बात कर रहे हो?

ध्रुव

(घबड़ा कर) ध्रुव की पत्नी।

चंद्रा

तो ध्रुव की पत्नी ध्रुव से बात करना चाहे तो महेश को क्या आपत्ति हो सकती है?

ध्रुव

एक मिनट। (नीरीह भाव से महेश की ओर देखता है और फिर सस्वर सोचता है) यदि ध्रुव की पत्नी...ध्रुव से...महेश...(जोर से) नहीं नहीं। महेश को कोई आपत्ति नहीं होनी चाहिए।...अच्छा यहीं बैठते हैं न चाय आ रही है।

चंद्रा

तुमको कुछ हो गया है क्या?

ध्रुव

न...नहीं तो।

चंद्रा

बीमार हो?

ध्रुव

नहीं तो।

चंद्रा

कोई परेशानी है?

ध्रुव

नहीं तो।

चंद्रा

अच्छा एक बात बताओ, मैं तुम्हारी पत्नी हूँ कि नहीं?

ध्रुव

न...माने यह भी कोई पूछने की बात है?

चंद्रा

तो फिर मुझसे क्यों छिपा रहे हो?

ध्रुव

(पहले लैब में बैठे महेश की ओर देखता है फिर चंद्रा की ओर) क्या छिपाया है मैंने?

चंद्रा

तुमने सिगरेट पीनी कब से शुरू कर दी।

ध्रुव

कई साल हो गये।

चंद्रा

असंभव। झूठ कब से बोलने लगे तुम?

ध्रुव

अ...अभी बताता हूँ। जरा इस ऐशट्रे को साफ करके आता हूँ। (दौड़ कर महेश के पास जाता है। चेहरे पर सवालिया निशान) मैंने कब से झूठ बोलना शुरू किया।

महेश

बोल दे मैं कभी झूठ नहीं बोलता। (ध्रुव जाने लगता है तो महेश उसे पकड़ कर खींच लेता है) बोल दे कभी कभी बोल लेता हूँ।

ध्रुव

(चंद्रा के पास जा कर) मैं वो...मैं वो झूठ बोलता हूँ कभी नहीं। कभी कभी।

चंद्रा

तुम सच सच बतलाओ तुमने सिगरेट पीनी कब शुरू की?

ध्रुव

वो महेश बुला रहा है।

चंद्रा

मैंने तो नहीं सुना! बातें मत बनाओ। मुझे सच सच बतलाओ।

ध्रुव

अभी बतलाता हूँ। (महेश के पास जाता है। जाते जाते बड़बडाता है) दनादन सवाल पर सवाल ठोके जा रही है जैसे क्विक फायरिंग राउंड में क्विजमास्टर। (प्रकट) अबे तूने किससे शादी कर रखी है। पत्नी है न थानेदारनी! लगता है मैं फायरिंग स्क्वैड के सामने खड़ा हूँ।

महेश

किसने कहा था जुल्फ़ी से सिगरेट माँगो। बोल दे कभी कभी जनार्दन के साथ बैठ कर पी लेता हूँ।

ध्रुव

(चंद्रा के पास जा कर) कभी कभी जनार्दन के साथ बैठ कर पी लेता हूँ।

चंद्रा

जनार्दन तो सिगरेट नहीं पीता है।

ध्रुव

पीता है। पीता है। विश्वास न हो तो गूगल सर्च करके देख लीजिए।

चंद्रा

बकवास मत करो। मुझे अच्छी तरह मालूम है कि जनार्दन सिगरेट नहीं पीता।

ध्रुव

तो फिर उसने ऐसा क्यों कहा?

चंद्रा

किसने?

ध्रुव

(महेश की ओर अँगुली करके) उसने। (फिर ऊपर की ओर अँगुली कर) माने उसने।

चंद्रा

ओ हो ध्रुव तुम मुझे पागल कर दोगे।

ध्रुव

अरे पागल तो आपने मुझे बना दिया है। (चंद्रा अचंभित) तुमने...तुमने।

चंद्रा

मैंने तुम्हें पागल बना दिया है!

ध्रुव

हाँ और नहीं तो क्या? माने माने ऐसा हुस्न, ऐसा शबाब...

महेश

महेश...ध्रुव ध्रुव इधर आओ जरा।

ध्रुव

(पास आ कर) क्या है?

महेश

ये क्या हो रहा है?

ध्रुव

अरे कुछ तो बोलना है!

महेश

तो कुछ भी बोल दोगे?

ध्रुव

वह मेरी पत्नी है।

महेश

तुम्हारी नहीं, मेरी।

ध्रुव

तो जाओ, तुम ही बात करो उससे।

महेश

हाँ हाँ मैं ही बात करूँगा। (चंद्रा के पास जा कर) चंद्रा...जी... वह क्या है कि...वह क्या है कि...(चंद्रा अपना मँह उठा कर उसे देखती है) ध्रुव बहुत परेशान है।

चंद्रा

वही तो मैं जानना चाहती हूँ। मुझे तो लगता है कि वह बहुत दिनों से चोरी छिपे शराब भी पीता रहा है। लगता है कि उसे भ्रम की बीमारी हो गई है। लक्षण तो सब वही हैं।

महेश
नहीं नहीं ऐसी कोई बात नहीं है। बस थोड़ा परेशान है।

चंद्रा
जब से वह आप से मिला है कितना बदल गया है!

महेश
म म म मैं बस धीरज रखिए।

चंद्रा
कितना धीरज रखूँ? कल से कतने उलटफेर हो गये हैं इस घर में। जनार्दन को भ्रम की बीमारी हो गई है। जुल्फ़ी घर छोड़ना चाहता है और अब ध्रुव!

महेश
बस चोर मिलते ही सब ठीक हो जायेगा।

चंद्रा
चोर!

महेश
माने चोर नहीं भी मिला तो शायद थोड़ा समय लग सकता है...

चंद्रा
आप यह क्या कह रहे हैं! मेहरबानी करके ध्रुव को भेज दीजिए।

महेश ध्रुव को चंद्रा के पास भेजता है।

कल रात तुम सोने क्यों नहीं आये?

ध्रुव
प्रयोगशाला में काम था।

चंद्रा

काम था तो सो क्यों गये?

ध्रुव

नींद आ गई थी।

चंद्रा

इतने बड़े सायन्टिस्ट और इतना घटिया बहाना! (विराम) मुझसे बोर हो गये हो तो बता दो।

ध्रुव

यह क्या कह रही हैं आप?

चंद्रा

आप!

ध्रुव

तुम। तुम।

चंद्रा

ध्रुव तुमको क्या हो गया है? (जोर से रोती है)

महेश

मुझसे चंद्रा का दुख नहीं देखा जाता। (जोर से रोता है)

ध्रुव

मैं क्या करूँ, रोना तो मुझे चाहिए। (जोर से रोता है)

अंधकार

दृश्य पाँच

ध्रुव और महेश प्रयोगशाला में परेशान टहल रहे हैं।

ध्रुव

सब गड़बड़ है

महेश

वह तो अच्छा हुआ कि तुमने चंद्रा को बता दिया कि रामप्रसाद की चोरी हो गई है और इसीलिए हम परेशान हैं। नहीं तो वह क्या का क्या सोचने लगी थी।

ध्रुव

अब जब सबको मालूम हो गया है कि टोपी चोरी हो गई है तो सबसे मदद क्यों नहीं लेते चोर को खोजने में।

महेश

किससे मदद लोगे? चंद्रा अभी तक परेशान है, जनार्दन अपनी ही धुन में रहता है और जुल्फ़ी! उसे चोर मिल भी जाये तो वह उसे शेर सुनाने बैठ जायेगा।

ध्रुव

तो तुम ही कुछ सोचो।

महेश

क्या सोचूँ।

ध्रुव

यदि मुझे मालूम होता कि क्या सोचना है तो स्वयं ही न सोच लेता!

महेश

काश रामप्रसाद मेरे पास होता तो उसे पहन कर कोई न कोई तरकीब सूझ ही जाती।

ध्रुव

अरे ओ रामप्रसाद के बच्चे, टोपी ही अपने पास होती तो उसे खोजने की तरकीब सोचने की क्या जरूरत? (अपनी सूरत की ओर इशारा करते हुए) जब से तुम्हारी इस सूरत पर नजर पड़ी है न, सब गड़बड़ ही गड़बड़ है।

दरवाजे पर घंटी बजती है। जुल्फ़ी दरवाजा खोलता है।

गिरिजा बाबू का प्रवेश। मुँह पर पट्टियाँ बँधीं हैं।

जुल्फ़ी

आइये गिरिजा बाबू। यह क्या हुलिया बना रखा है आपने?

गिरिजा

यह तुमको बना हुआ हुलिया लगता है या बिगड़ा हुआ?

जुल्फ़ी

कैसे हुआ यह?

ध्रुव

यह फिर आ गया?

गिरिजा

ध्रुव बाबू को बुलाओ।

महेश

यह तो गिरिजा बाबू की आवाज है।

जुल्फ़ी

दो मिनट रुकिए। वे महेश बाबू से बात कर रहे हैं।

ध्रुव

पिछली बार शिकायत ले कर आया था तो मैंने उसे टरकाने के लिए तुम्हारी वह अंडा मशीन दी थी।

महेश

अरे वह क्यों दी? उसमें थोड़ा काम बाकी है। अभी अंडा ठीक से बाहर नहीं निकलता।

ध्रुव

वही हाथ लगी, दे दी।

महेश

तब संभालो जाकर अब। उसी की शिकायत ले कर आया होगा।

गिरिजा

ध्रुव बाबू बाहर आइये।

ध्रुव

(बाहर आ कर) गिरिजा बाबू आप!

गिरिजा

अब तो आप पहचानने से इनकार भी करें तो मैं साबित नहीं कर सकता कि मैं ही गिरिजा बाबू हूँ। मेरा हुलिया तो आपने पूरी तरह बिगाड़ दिया है।

ध्रुव

कैसी बातें कर रहे हैं गिरिजा बाबू! मैं आपको नहीं पहचानूँगा भला!

गिरिजा

शुक्र है पहचाना तो।

ध्रुव

आपकी यह हालत हुई कैसे?

गिरिजा

वही बतलाने आया हूँ। वही बतलाने आया हूँ। आपने वह अंडा मशीन दी थी?

ध्रुव

हाँ हाँ।

गिरिजा

आपने कहा था कि अंडा उबलने के बाद अपने आप बाहर आ जायेगा।

ध्रुव

हाँ कहा था न।

गिरिजा

पर आपने यह नहीं कहा था कि अंडा बंदूक की गोली की तरह बाहर निकलेगा।

गरम गरम उबला अंडा गोली की तरह तेज रफ्तार से बाहर आया। फिर...

ध्रुव

फिर?

गिरिजा

फिर क्या? गाइडेड मिसाइल की तरह आया और लगा सीधे मेरी नाक में।

ध्रुव

ओह, आइ एम सॉरी।

गिरिजा

आपने मुझे सावधान क्यों नहीं किया? आपको मुझे साथ में एक ढाल भी देनी चाहिये थी। ढाल से मैं अपना बचाव तो कर लेता!

ध्रुव

मुझे सचमुच बहुत अफसोस है। शायद कोई चूक रह गई होगी। (जेब से पैसे निकाल कर) यह ले लीजिये।

गिरिजा

यह क्या है?

ध्रुव

पचास रुपये हैं। सुबह नास्ते से इतने ही बचे हैं।

गिरिजा

इनका क्या करूँ?

ध्रुव

आपके इलाज में काम आयेंगे। अभी तो इतने ही हैं। बाकी बाद में दे दूँगा।

गिरिजा

आपने मुझे इतना ओछा समझ रखा है! अपने इलाज के लिये अब मैं आप से पैसे लूँगा। मैंने हर्जाना लिया है जरूर पर हर्जाने के तौर पर पैसे? छ्र छ्र छ छ।

महेश

ध्रुव...एक मिनट इधर आओ। (ध्रुव अंदर जाता है महेश उसे वंडरबार पकड़ाता है) इसे दे दो उसे। जल्दी रफादफा करो।

ध्रुव

(बाहर आ कर) गिरिजा बाबू आप यह ले जाइये।

गिरिजा

इस डंडे को ले कर मैं क्या करूँगा? नाक तो तोड़ डाली अब इस डंडे से हाथ पैर तोड़ेंगे क्या?

ध्रुव

यह डंडा नहीं है। यह वंडरबार है, मेरी लेटेस्ट डिस्कवरी। इसको कहीं ऊपर अटका दीजिए फिर इसे दोनों हाथों से पकड़ कर अपने को ऊपर नीचे कीजिए। एक महीने में आपकी छाती दो इंच बढ़ जाएगी।

गिरिजा

अद्भुत...

ध्रुव

अद्भुत पर एकदम सरल। इसमें कोई मशीनरी है ही नहीं जो खराब हो सके। चोट लगने का कोई चांस नहीं। परफेक्टली सेफ।

गिरिजा

ध्रुव बाबू आपका जवाब नहीं है।

चंद्रा का प्रवेश। चंद्रा देखती है कि गिरिजा जाते जाते रुकता है और अपने पर्स से कुछ पैसे निकाल कर ध्रुव को देता है।

ध्रुव बाबू यह ले लीजिए।

ध्रुव

यह क्या है?

गिरिजा

कुछ पैसे हैं रख लीजिए। जब हों तो लौटा दीजिएगा।

जाता है।

चंद्रा

ध्रुव।

ध्रुव

जी।

चंद्रा

(स्वगत) फिर जी...। शादी के बाद अब तक तुम और तू तड़ाक से काम चल रहा था। अब अचानक कल से आप...जी...! चंद्रा कंट्रोल । लंबी साँस खींचो। (लंबी साँस खींचती है। फिर ध्रुव से मुखातिब होती है।)

देखो ध्रुव...लेट अस सॉर्ट दिस आउट। ऐसी क्या बात हो गई कि तुम इस तरह पेश आ रहे हो।

ध्रुव

एक मिनट। (स्वगत) ऐसी क्या बात हो गई कि मैं इस तरह पेश...। (प्रकट) किस तरह पेश आ पहा हूँ? ठीक ही तो पेश आ रहा हूँ। मुझे मलूम है कि परिस्थिति जटिल है पर मैं जहाँ तक संभव है बहुत ही भद्रता से पेश आ रहा हूँ।

चंद्रा

(स्वगत) चंद्रा, कंट्रोल। लंबी साँस खींचो। (लंबी साँस खींचती है) (प्रकट) ध्रुव तुम मुझे यह बताओ कि मुझसे कोई भूल हुई है क्या?

ध्रुव

आप से कोई भूल नहीं हुई है चंद्रा जी।

चंद्रा

चंद्रा जी!

ध्रुव

महेश बुला रहा है। मैं अभी आया। (जाने लगता है पर चंद्रा उसकी कमीज पकड़ लेती है) ये आप क्या कर रही हैं?

चंद्रा

चुपचाप बैठे रहो। तुमने गिरिजा बाबू से पैसे लिये थे?

ध्रुव

हाँ।

चंद्रा

कितने लिये थे?

ध्रुव

गिने नहीं। अभी गिनता हूँ। तीन हजार हैं।

चंद्रा

गिरिजा बाबू से पैसे क्यों लिये तुमने?

ध्रुव

उसने दिये, इसलिए लिये।

चंद्रा

घर में पैसे होते हुए बाहर वालों से लेने की क्या जरूरत पड़ गई!

ध्रुव

यह सब लेन देन की बातें हैं, आप नहीं समझेंगी।

चंद्रा

(स्वगत) कंट्रोल चंद्रा।

अपने बाल नोचती हुई अंदर चली जाती है। महेश आकर ध्रुव को प्रयोगशाला में ले जाता है। जुल्फ़ी का प्रवेश।

जुल्फ़ी

ध्रुव बाबू।

ध्रुव

क्या है।

जुल्फ़ी

मुझे आपसे एक बात कहनी है।

महेश

जुल्फ़ी, हम यहाँ एक गंभीर समस्या पर विचार कर रहे हैं। थोड़ी देर बाद में आ सकते हो?

जुल्फ़ी

महेश बाबू आप बुरा न मानें। मैं ध्रुव बाबू से एक घरेलू बात करना चाहता हूँ।

ध्रुव

कहो क्या बात है?

जुल्फ़ी

ध्रुव बाबू मुझे माफ कर दीजिए।

ध्रुव

(स्वगत) लो लगता है अब एक नया ड्रामा है। (प्रकट) किस बात की माफी माँग रहे हो?

जुल्फ़ी

आपने मुझ गरीब पर इतने उपकार किये हैं जिनका बदला मैं सात जनम में भी नहीं चुका सकता।

ध्रुव

तो ठीक है न, टेंसन क्यों ले रहे हो। सात जन्मों में भी बदला नहीं चुका पाओगे तो दो चार जनम और ले लेना।

जुल्फ़ी

नहीं ध्रुव बाबू, मैं तो एक नराधम निकला। मैं इतना स्वार्थी हो गया था कि अभी कुछ देर पहले इस घर को छोड़ कर जाने की सोच रहा था।

ध्रुव

बहुत गलत सोच रहे थे। यही घर तुम्हारे लिये ठीक है। (स्वगत) सभी पागल एक जगह रहें तो सब के लिये अच्छा है।

जुल्फ़ी

बाबू जी आप इसे पढ़ लीजिए।

ध्रुव

क्या है यह।

जुल्फ़ी

मेरी भावनाएँ है। मेरे जज्बात हैं। मेरे उद्गार हैं।

ध्रुव

इसे पढ़ना जरूरी है?

जुल्फ़ी

आप इसे पढ़ लें तो मुझे शांति मिलेगी। दिल को सुकून मिलेगा।

ध्रुव

ऐसी बात है तो तुम्हीं पढ़ कर सुना दो।

जुल्फ़ी

अर्ज किया है

मैंने आपके सामने अपना दिल निकाल के रख दिया

जिगर रख दिया और कलेजा निकाल कर रख दिया।

ध्रुव

अबे ओ जुल्फ़ी, बस कर। मैं एक शुद्ध शाकाहारी व्यक्ति हूँ। क्यों मेरे सामने यह कसाई की दुकान खोल रहे हो? ले जाओ यहाँ से अपना कलेजा और फेफड़ा। किसी दूसरी जगह बेचो। और न बिके न तो लेकर...(गंदा इशारा करता है।)

जुल्फ़ी

(मुँह पर हाथ रख कर) हाँ..

ध्रुव

हाँ...

जुल्फ़ी मुँह बा कर ध्रुव को देखता है। दरवाजे पर घंटी। जुल्फ़ी भारी कदमों से जाकर दरवाजा खोलता है।

मल्लिका का प्रवेश।

मल्लिका

जुल्फ़ी, जनार्दन अंदर है क्या?

जुल्फ़ी

जी मल्लिका दीदी।

मल्लिका

और चंद्रा?

जुल्फ़ी

जी मल्लिका दीदी।

मल्लिका

जुल्फ़ी तुम सुधर जाओ।

जुल्फ़ी

जी मल्लिका दीदी।

मल्लिका

जुल्फ़ी तुम इधर जाओ। यहाँ बैठो।

जुल्फ़ी

जी मल्लिका दीदी।

मल्लिका

तुम्हारे पूर्वजों में...पूर्वज समझते हो न?

जुल्फ़ी

जी मल्लिका दीदी।

मल्लिका

तुम्हारे पूर्वजों में कभी कोई तोता पैदा हुआ था क्या? (जुल्फ़ी मल्लिका को शिकायत भरी नजरों से देखता है) अपना डीएनए टेस्ट करवा ले मेरे मिट्ठू।

मल्लिका चंद्रा-चंद्रा आवाज देती हुई अंदर जाती है। पीछे पीछे जुल्फ़ी भी जाता है। अंदर से जनार्दन हाथ में गिलास ले कर बाहर निकलता है। जुल्फ़ी से टकराता है।

जुल्फ़ी

डीएनए क्या होता है?

जनार्दन

पता नहीं। मैंने कभी नहीं पी।

जुल्फ़ी अंदर जाता है और जनार्दन अपने ड्रिंक्स टेबल के पास जाता है।

महेश गौर से जनार्दन को देखता रहता है।

महेश

(ध्रुव से) महेश तुम यहीं बैठो। मैं अभी आया। (जनार्दन के पास जाता है)

जनार्दन

आइए महेश बाबू। बनाऊँ एक पेग आपके लिये?

महेश

नहीं, नहीं।

जनार्दन

ठीक तो?

महेश

एकदम ठीक।

जनार्दन

ठीक है। कोई जोर जबरदस्ती नहीं है। यह स्वतंत्र देश है। जो पीना चाहता है वह पी सकता है और जो न पीना चाहे न पिए। क्यों ठीक कहा न?

महेश

एकदम ठीक। अ...अ...जनार्दन...

जनार्दन

जी बोलिए।

महेश

मैं तुमसे कुछ कहना चाहता हूँ।

जनार्दन

तो कहिए। मैंने कहा न कि यह स्वतंत्र देश है। जो कहना चाहता है वह कह सकता है। जो सुनना चाहता है, सुन सकता है।

महेश

मैं जो कहूँगा, उसे तुम संजीदगी से सुनोगे?

जनार्दन

(हँसता है) यह भी खूब रही। महेश बाबू आपको एक बात बता दूँ, इस घर में मुझसे संजीदा व्यक्ति आपको दूसरा नहीं मिलेगा। इसलिए कहिए, मैं संजीदगी से सुनूँगा।

महेश

मैं...

जनार्दन

आप यह समझ लीजिए कि मैं यहाँ हूँ ही नहीं। बल्कि मेरी जगह यहाँ एक बहुत बड़ा संजीदा कान है जो आपकी हर संजीदा बात बड़ी संजीदगी से सुनेगा।

महेश

बात बड़ी नाजुक है और अब तो स्थिति भी गंभीर हो गई है।

जनार्दन

आप चिंता न करें। ये जो स्थितियाँ हैं न, इनको गंभीर होने की आदत है। कई स्थितियाँ तो पैदा होते ही गंभीर हो जाती हैं। इसलिए आप बेधड़क बोलिए।

महेश

दरसल बात यह है कि मैं महेश नहीं हूँ।

जनार्दन

(महेश को घूरता है) क्या कहा आपने?

महेश

मैं महेश नहीं हूँ।

जनार्दन

तो मैंने पहली बार ठीक ही सुना था।

महेश

हाँ।

जनार्दन

तो आप महेश नहीं हैं। है न अजीब बात। कल एक महेश आया था, वह तो निकला चोर। ओ हो हो आप मजाक कर रहे हैं।

महेश

नहीं जनार्दन मैं मजाक नहीं कर रहा हूँ ।

जनार्दन

हाँ आपने कहा तो था कि बात संजीदा है। पर यह कैसे हो सकता है कि आप महेश नहीं हैं। ध्रुव तो गलती नहीं कर सकता

है अपने मित्र को पहचानने में। बात सचमुच बहुत संजीदा है। कहीं आप संजीदा मजाक तो नहीं कर रहे हैं।

महेश

जनार्दन, देखो। मेरी बात सुनो। मैं वह नहीं हूँ जो तुम समझ रहे हो।

जनार्दन

म...मैं...

महेश

(डाँट कर) एक मिनट चुप रह कर मेरी बात सुनो। मैं महेश नहीं हूँ। मैं तुम्हारा ध्रुव हूँ। ध्रुव कुमार।

जनार्दन

क्या क्या क्या कहा? आप ध्रुव कुमार हैं?

महेश

हाँ।

जनार्दन

डी कुमार?

महेश

हाँ। महेश वह है जो ध्रुव कुमार है। कल शाम को जब हमदोनों एकसाथ थे, और मैं रामप्रसाद...

जनार्दन उदास नजरों से शराब फैंक देता है। अपने पाकेट से कार्ड निकलता है और अनुपमा को फोन करता है।

जनार्दन

हलो अनुपमा जी। मैं जनार्दन बोल रहा हूँ। चंद्रा का भाई। आप तुरंत चली आइए। हाँ अभी। अब मुझे विश्वास हो गया है कि मुझे भ्रम की बीमारी हो गई है। अभी अभी मुझे लगा कि ध्रुव का दोस्त महेश मुझसे कह रहा है कि वह ध्रुव है। अब मैं शराब छोड़ना चाहता हूँ। जी हाँ। मैं इंतजार करूँगा।

महेश धीरे धीरे प्रयोगशाला में जाता है।

मल्लिका का प्रवेश।

मल्लिका

ये लो तुम यहाँ हो और मैं सारे घर में तुमको खोज रही हूँ।

जनार्दन

पता नहीं मैं यहाँ हूँ भी कि नहीं। यह तुम्हीं बता सकती हो कि मैं तुमको मिला कि नहीं। मल्लिका क्या तुम बता कर सकती हो कि बदन में चींटियाँ रेंगने लगें तो क्या करना चाहिये।

मल्लिका

यह क्या बहकी बहकी बात कर रहे हो।

जनार्दन

तुमको भी लग रहा है न कि मैं बहकी बहकी बात कर रहा हूँ। तब तो कनफर्मड। मुझे भ्रम की बीमारी लग गई है।

अहम भ्रमम ग्रसितम। मल्लिका, अहम भ्रमम ग्रसितम।

मल्लिका

अरे यार मैं भी किसके पीछे पड़ी हूँ। पूरी जवानी तो शराब में डुबो दी...(उठ कर जनार्दन के पास जाती है) जनार्दन, बेबी, जब

तुम इस भ्रम से बाहर आ जाओ और बिना पिये बात करने का साहस कर पाओ तो ही मुझसे मिलना। यदि मैं आस पास रही तो। अभी मैं चंद्रा के पास जा रही हूँ। और यह तुम्हारा अहम भ्रमम ग्रसितम है न, इसको ले कर स्कॉच की बोतल में घुस जाओ, ऊपर से कॉर्क मैं लगा दूँगी।

जनार्दन

मल्लिका मुझे छोड़ कर मत जाओ!

मल्लिका

(जाते जाते रुकती है। मुड़ कर जनार्दन की नकल करती है) मल्लिका मुझे छोड़ कर मत जाओ! (स्वगत) साला दिल आया भी तो किसके ऊपर, एक शराबी पर।

जाती है।

जनार्दन

मुझे छोड़ के मत जाओ मल्लिका!

दरवाजे पर घंटी। जुल्फ़ी जाकर दरवाजा खोलता है। दरवाजे पर चोर। सन्यासी का रूप धरा है। लंबी दाढ़ी और ऊँची जटा।

चोर

अलख निरंजन। (जुल्फ़ी से) क्यों बच्चा सुखी हो न।

जुल्फ़ी

महाराज का प्रसाद है।

चोर

तुम्हारी शेरोशायरी कैसी चल रही है?

जुल्फ़ी

आपको कैसे मालूम बाबा?

चोर

मुझे कैसे मालूम! हा हा हा। मैं बाबा त्रिलोकीनाथ हूँ। सब जानता हूँ।

जुल्फ़ी

जै हो। जै हो। आइये अंदर आइये बाबा।

जनार्दन

यह जुल्फ़ी किसको अंदर ला रहा है। अरे यह तो कोई साधू लग रहा है। साधू, हमारे घर के अंदर! यह तैरती हुई छाया है। अहम भ्रमम ग्रसितम। भयंकरम भ्रमम ग्रसितम।

ध्रुव और महेश आते हैं।

महेश

यहाँ क्या हो रहा है, कौन है यह आदमी।

चोर

हे मनुष्य, सत्यम वद। धर्मम चर। तुम्हारी परेशानी का कारण हमारी समझ में आ रहा है। बेटा तुम्हारी टोपी चोरी हो गई है न? मैं बता सकता हूँ कि वह टोपी कहाँ है। पहले हमें यह बताओ कि उस टोपी के पहनने से क्या होता है?

ध्रुव

यह सब ज्ञान-विज्ञान की बातें हैं। पर आप क्यों पूछ रहे हैं।

महेश

मुझे मालूम है यह महाशय टोपी के बारे में क्यों पूछ रहे हैं। (ध्रुव के कान में कुछ कहता है)

ध्रुव

बाबा आपकी दाढ़ी में तिनका।

चोर

तिनका?

महेश

हाँ बाबा त्रिलोकीनाथ।

चोर

हे मनुष्य बाबा से मसखरी करता है। रौरव नर्क में जायेगा।

ध्रुव चोर की दाढ़ी से तिनका निकालता है और फिर उसकी दाढ़ी खींच लेता है।

ध्रुव

बाबा यह रहा तिनका और यह रही आपकी दाढ़ी। इसके सिर पर है हमारा रामप्रसाद। कहाँ से आई यह टोपी तुम्हारे पास।

चोर

(गिड़गिड़ाते हुए) रात को जब आपलोग सो रहे थे मैं इसे चुरा कर ले गया।

ध्रुव

उतारो इसको।

चोर

नहीं नहीं। नहीं उतार सकता। टोपी ने सिर को पकड़ लिया है। जकड़ लिया है। मेरी जान बचाइये। मुझे इस टोपी की कैद से छुड़ाइये।

महेश

इधर आओ।

चोर

देखिये जोर जबरदस्ती मत कीजियेगा। मेरी गरदन बहुत नाजुक है। पुलिसवाले जब भी पकड़ते हैं पहले गरदन पर ही हाथ डालते हैं।

महेश

चुपचाप इधर आओ।

चोर महेश के पास जाता है। महेश टोपी में लगे बटन दबाता है। बत्तियाँ जलती बुझती हैं और महेश टोपी उतार लेता है। महेश ध्रुव को इशारा करता है।

महेश

ध्रुव यह लो तुम्हारी टोपी।

ध्रुव

मैं प्रयोगशला में जा रहा हूँ। देखूँ टोपी ठीक है या इसने कुछ छेड़खनी कर रखी है। चलो महेश।

दोनों प्रयोगशाला में जाते हैं। महेश टोपी का निरीक्षण करता है।

महेश

सब ठीक ही लग रहा है। अच्छा पहले जो किया था उसके ठीक उल्टे क्रम में वही करते हैं।

ध्रुव घबड़ाया हुआ है। फर्श पर लेट जाता है।

महेश

यह क्या कर रहे हो?

ध्रुव

तुम ने ही तो कहा था कि सब उल्टे क्रम में करना है। जब होश आया था उस समय हमदोनों जमीन पर लेटे हुए थे।

महेश

नहीं नहीं। तुम उठो। उल्टे क्रम का मतलब रामप्रसाद को उल्टे क्रम में पहनना है।

ध्रुव उठता है।

ध्रुव

ध्रुव सब ठीक हो जायेगा न।

महेश

उम्मीद तो यही है। लो शुरू करता हूँ। झटका लगेगा, बरदास्त कर लेना।

ध्रुव

(आगे पीछे हिलने लगता है) हे भगवान। हे ब्रह्मा, हे विष्णु, हे महेश!

महेश

इतना हिलोगे तो कैसे पहनाऊँगा।

महेश ध्रुव को टोपी पहनाता है। फिर उतारता है, जिस समय ध्रुव गिर पड़ता है। फिर वह स्वयं पहनता है। टोपी से विचित्र आवाजें आती हैं और महेश भी गिर पड़ता है। और टोपी एक ओर लुढ़क जाती है। आवाजें सुन कर सब वहाँ आ जाते हैं। चोर भागता है और जनार्दन से टकराता है।

जनार्दन

क्या हुआ, क्या हुआ? किसने मारा मुझे! (ध्रुव और महेश को बेहोश देखता है।) ये मैं क्या देख रहा हूँ। हे भगवान...(फिर सिर ढाँप लेता है)

चंद्रा

(पास जा कर दोनों को देखती है) दोनों बेहोश हैं !! जुल्फ़ी जल्दी वह फोन यहाँ ले आओ। जल्दी...ये रामप्रसाद...

जुल्फ़ी

चोर पकड़ा गया है।

ध्रुव और महेश को होश आ जाता है। ध्रुव अपने को टटोलता है।

चंद्रा

मैं डाक्टर को फोन करती हूँ। जुल्फ़ी तुम रामप्रसाद को संभालो। (फोन करने लगती है)

ध्रुव

अरे चंद्रा, डाक्टर को बुलाने की कोई जरूरत नहीं है। (महेश को देखते हुए) बस मामूली सा झटका लगा था। चोर ने रामप्रसाद को छेड़ रखा था।

चंद्रा

ध्रुव तुम ठीक तो हो न।

ध्रुव

एकदम ठीक। 'तुम' एकदम चिंता मत करो।

महेश

ध्रुव, सब ठीक हो गया न।

ध्रुव

हाँ सब ठीक हो गया है।

महेश आँखों में आँसू भर कर ध्रुव के गले लगता है।

चंद्रा

हे भगवान, इतना कुछ हो गया है। यहाँ अब और कुछ होना बच गया है क्या?

गिरिजा बाबू का प्रवेश। पूरे बदन और चेहरे में पट्टियाँ हैं। लगड़ा कर चल रहा है।

गिरिजा

ध्रुव कुमार!

ध्रुव कुमार इस बार मैं तुम्हें नहीं छोड़ूँगा। मेरी यह दशा देख रहे हो न, तुम्हारे वंडरबार ने की है। अरे मेरी हालत जो हुई सो हुई, मेरे घर की छत भी टूट गई। मैं मलबे के नीचे दब गया था।

महेश

आपकी छत कैसे टूट गई?

गिरिजा

मैं वंडरबार को छत के डंडों में अटका कर कसरत कर रहा था। ध्रुव बाबू ने कहा था कि छत पर अटका देना। बस टूट गई छत।

महेश

वंडरबार तो नहीं टूटा न!

गिरिजा

आप चुप रहिए जी। ध्रुव बाबू को बोलने दीजिए।

ध्रुव

गिरिजा बाबू यह ठीक कह रहे हैं। दोष आपकी छत का है। हमारे वंडरबार का नहीं। फिर भी आप यह ले जाइए।

गिरिजा

यह तो आइना है।

ध्रुव

यह आइना नहीं है। इसका नाम आत्म दर्शन। राज सुबह उठने के बाद 15 मिनटों तक इसमें अपना मुँह देखिए। बस दो महीनों के अंदर आपको अपनी आत्मा के दर्शन हो जायेंगे।

गिरिजा

ध्रुव बाबू, मैं अपने को बहुत भग्यशाली समझता हूँ कि मैं इतने बड़े वैज्ञानिका का पडोसी हूँ।

गिरिजा झुक कर ध्रुव के पाँव छूता है और जाता है। अनुपमा का प्रवेश।

अनुपमा

चंद्रा...

चंद्रा

आओ अनुपमा। तुम्हारी कमी ही रह गई थी...

जनार्दन

(अनुपमा का नाम सुन कर उठता है। पास आ कर) अनुपमा जी...

अनुपमा

जनार्दन आपने फोन किया था, इसलिए मैं आई हूँ।

जनार्दन

जी अनुपमा जी मैंने शराब छोड़ने का निश्चय कर लिया है।

चंद्रा

जनार्दन, यह कमाल हुआ कैसे?

अनुपमा

और बड़ी जल्दी हुआ। अभी थोड़ी देर पहले तो मैं यहाँ से गई हूँ। (महेश को देखती है) ओ...महेश भी यहाँ हैं।

महेश

(झटके से उठ कर अनुपमा के सामने आता है) अनुपमा जी, हमारी मुलाकात आज से साढ़े चार महीने पहले हुई थी।

अनुपमा

जी...!

महेश

आपने लक्ष्य किया होगा कि...कि आपके प्रति मेरी भावनाएँ लपलपाती हुई भावनाएँ हैं।

अनुपमा

यह क्या कह रहे हैं आप?

महेश

ज्वालामुखी ने फफोले पैदा कर दिये हैं...हजारों करोड़ों फफोले फूट गये..

चंद्रा

महेश...महेश। आज सुबह जब अनुपमा यहाँ आई थी तो मैंने उससे बात कर ली है। वह तुम्हारे फफोलों पर मलहम लगा देगी।

महेश

माने...माने...

ध्रुव

माने माने क्या कर रहा है। अनुपमा को भी क्रिकेट के मैदान में खड़ा करेगा क्या? अभी शादी कर ले।

समाप्त

कलायन नाट्य संस्था द्वारा कायापलट की प्रथम प्रस्तुति

यवनिका, बेंगलूरु

8, 9, 15, 16, 17, 18 फरवरी 1991

मंच पर

सूत्रधार	- मधुमिता कलौनी
अनुपमा	- इंदु मिश्रा
जनार्दन	- मनोज सिन्हा
जुल्फ़ी	- गनेश पांडे
ध्रुव	- कुमार प्रभास
महेश	- कार्तिक शेठिया
गिरिजा बाबू	- रमनामूर्ती
चंद्रा	- स्वाति हेदे
मल्लिका	- प्रिया अचलकर
चोर	- मथुरा कलौनी

मंच परे

प्रकाश - तनय दास, मनमोहन आइल, दीपक मिश्रा

मंच सज्जा - कलायन

ध्वनि व संगीत - रमेश बालकृष्णन

वेशभूषा - कलायन

रूप सज्जा - एन एस दानी

मंच सामग्री - इंदु मिश्रा

परिकल्पना, लेखन, निर्माण और निर्देशन - मथुरा कलौनी

कलायन नाट्य संस्था द्वारा कायापलट की 2015 प्रस्तुति

जागृति, व्हाइटफील्ड, बेंगलूरु

20, 21 और 22 नवंबर 2015

22, 23 और 24 जनवरी 2016

मंच पर

चंद्रा	फारिया फातमा / संगीता पंडा
ध्रुवकुमार	सर्बजीत दास
जनार्दन	अभितेज गुप्ता
जुल्फ टनकपुरी	विजय शर्मा / अमित सूथर
चोर	निखिल मनोहर
महेश	उत्कर्ष गहरवार
अनुपमा शर्मा	मीनाक्षी शर्मा / साक्षी श्रीवास्तव
गिरिजा बाबू	शिवांशु मिश्र
मल्लिका	फारिया फातमा / डेजी हुकेन्स / साईश्री दत्तात्रेय

मंच परे

मंच सामग्री और मंच संचालन	साक्षी श्रीवास्तव
ध्वनि और संगीत संचालन	अरुण कुमार
प्रकाश व्यवस्था	अरुण मूर्ती / अरुण भट
रूप सज्जा	रामकृष्ण बेल्तुर
वेशभूषा	कलायन
रामप्रसाद	सिद्धार्थ बिसोई
	शुभजीत बागची
नेपथ्य	अजीत सिंह
	निराकार पंडा
	गीतांजलि तिंह
पोस्टर डिजाइन	राहुल / मेल्विन
जन संपर्क	सुषमा कोनप्पा
	प्रदीप सिंह
चित्रांकन	मेल्विन राज
	आयान बिस्वास
स्वागत	मालविका कलौनी
निर्माण संयोजन	फारिया फातमा

परिकल्पना, लेखन, निर्माण और निर्देशन मथुरा कलौनी

www.ingramcontent.com/pod-product-compliance
Lightning Source LLC
La Vergne TN
LVHW100031051026
849525LV00001B/50
* 9 7 9 8 8 9 4 7 5 9 1 1 1 *